ДЕТЕ НА ВСИЧКИ

Cathy McGough

Stratford Living Publishing

КАКВО КАЗВАТ ЧИТАТЕЛИТЕ...

ОТ САЩ:

„Детето на всички" на Кати Макгоф е психологически трилър, който ще ви накара да се чудите до самия изненадващ край."

„Уау, определено не очаквах и не можех да предвидя финала на тази история."

„Добре конструирана, заплетена история."

„Имаше толкова много обрати и тъкмо когато вече бяхте разбрали всичко, килимчето беше издърпано изпод вас."

„Бях зашеметена по средата на книгата, което ме накара наистина да се замисля за WTH?"

ОТ ВЕЛИКОБРИТАНИЯ:

„История, която е написана толкова стегнато, че нанася удар."

„Мислех си, че съм разбрала всичко, но толкова много грешах."

„Приятно четиво с някои изненадващи обрати по пътя."

ОТ КАЛИФОРНИЯ:

„Смятам, че сюжетът е интригуващ и с удоволствие прочетох книгата до края.“

„Лесна за четене, с бързо темпо и с интересна предпоставка.“

ОТ IN:

„Добре написан приятен трилър.“

СЪДЪРЖАНИЕ

За децата.

СТИХОТВОРЕНИЕ:

ХАРТИЕНАТА КУКЛА

Хартиената кукла е заплетена във вихъра на
вятъра
Изцедена от емоции, тя се върти и върти
Върти се и се върти, като балерина, в пируети
Връща се назад към неуспехите и съжаленията в
живота.

Трескаво се опитва да се измъкне от лапите му
В ушите ѝ вятърът шепне изнасилване.
Хартиената кукла е разкъсана от крайник до
крайник
само спомен за това, което е можело да бъде.

Тя не усеща болка, защото е само дете
Тя не усеща нищо.

Чуйте плача на децата, които се мятат и обръщат
в мечтите на съня си

Защитете ги от вихрите на живота.

Бягайте, деца, бягайте,
Няма вече вериги, които да ви връзват.
Защитете ги от вихрите на живота.

ГЛАВА 1

BENJAMIN

Седемнайсетгодишният Бенджамин е съвестен служител. Особено след като беше отпаднал от гимназията. Два пъти на ден, шест дни в седмицата, той посещаваше банката. Сутрин - за пари в брой. Следобед, за да внесе парите за деня. Ходенето дотам и обратно беше безпроблемно: до тази сутрин.

Това, което привлече вниманието му, беше една жена. Изправена на високи токчета, тя се открояваше като манекен на плажа. Златните етикети на чантата и слънчевите ѝ очила отразяваха светлината, като я караха да подскача и да се движи като светулки. През рамото на черната ѝ рокля без ръкави се влачеше червен шал.

Очите на Бенджамин проследиха течението на шала, докато не стигна до края на протегнатата ръка на жената. Към него беше прикрепено малко момиченце, което се мъчеше да се задържи на крака. Ръката на детето, може би седемгодишно, също се протегна назад. Към нея беше прикрепена една вещ: гальовна кукла в естествен размер. Той направи двоен поглед, защото лицето на куклата и лицето на детето бяха копия. После забеляза, че протегнатата ръка на куклата също се протяга назад - към нищо и никого. Гангьосаните крака и обувки на нещото се затъркаляха по паважа, като го връщаха назад.

Любопитен, той проследи странното трио, докато завиваше зад ъгъла по пътя към крайбрежната алея на езерото Онтарио.

Жената спря, дръпна неохотния последовател за ръката, след което ускори темпото. Малката се спъна на земята, без да пусне ръката на куклата си. Тя се изтъркали на крака само за да получи обратен шамар по бузата. Шамар, чийто звук го накара да се сгърчи, тъй като сякаш се отрази.

Жената тръгна бързо, докато писъкът на детето се превърна в писък. Тя се наведе назад, като прошепна в ухото на детето: доведе до тихи сълзи.

Поставяйки пръста си върху бързото набиране на 911, той оцени ситуацията. Ако беше пълнолетен мъж - щеше да ѝ даде акъл за какво ли не. Вместо това продължи да ги наблюдава в сянка. Наблюдаваше. Чудеше се какво е голямото бързане.

Куклата, която подскачаше отзад със зъбчата усмивка, го накара да настръхне, затова премина от другата страна на пътя. Продължи да наблюдава странното трио. По-специално как червеният шал на жената контрастира с гарвановочерната ѝ коса и рокля. Изглеждаше не на място, сякаш отиваше на снимки за списание с две деца на ръце.

Чакай малко. Видът на куклата ми се стори познат. Шефът му, Ейб, понякога поръчваше подобни кукли през магазина си. Обикновено в месеците преди Коледа.

Куклите бяха проектирани и изпращани от Европа. Всяка поръчка изискваше снимка на детето. Ѝя трябваше да възпроизведе тена, косата и цвета на очите. На гърба на снимката се записваха подробности като височина, тегло и размер на обувките.

Тогава той забелязал защо момиченцето се бори. На краката си носеше блестящи сандали, от онези с увиваща се лента около глезена. Като сандали те бяха красиви, но неподходящи за бързо ходене. За нейната близначка сандалите не представляваха проблем, тъй като куклата се влачеше по тротоара.

Докато стигнат до първата пейка в парка, жената се беше успокоила. Тя се засмя, когато помогна на малката да свали раницата си. След това се увери, че тя е седнала удобно, преди да се заеме с куклата. Сгънала краката ѝ и я подпряла в седнало положение.

Приближи се, като снимаше крайбрежието, докато телефонът му не завибрира. Беше Ейб, който го проверяваше.

„Къде си?“ Ейб беше изпратил съобщение. Ейб беше шефът и хазяинът на Бенджамин. Ейб държеше на реда.

„На линия, върни се колкото се може по-скоро“, написа момчето.

Отговорът на Ейб беше емотиконка с вдигнат палец.

Жената клекна, така че да е очи в очи с детето.

Тийнейджърът направи пълна панорамна снимка на хоризонта на езерото Онтарио от кулата CN Tower до Бърлингтън.

„Скъпи, забравих си портфейла - потупа тя ръката на детето. „Ще се върна веднага, обещавам.“

Детето остана мълчаливо, буркайки в сандалите си.

„Болят ли те краката, скъпа? Съжалявам, че трябваше да бързаме. Можеш да си починеш тук и ще се оправиш, докато се върна да те взема. Просто почакай тук, добре?“

Детето кимна и отпусна краката си надолу. Неспособно да докосне земята, то продължаваше да стои неподвижно.

„Докато ме няма, не мърдай от тази пейка.“ Тя се огледа наоколо. „И не говори с никого. Не забравяй, че имаме тайна дума. Знаеш ли каква е тя? Шшш, не ми го казвай. Спомняш си я, да?“

„Ами ако ми се наложи - прошепна детето, - да пишкам?“

„Задръж го, докато се върна. Няма да се бавя дълго. Колкото по-бързо си тръгна, толкова по-скоро ще се върна." Тя се изправи и оправи гърба си.

Малчуганът я хвана за ръката: „Няма да ме забравиш, нали, мамо? Както миналия път?"

Жената въздъхна и прошепна.

„Скъпа." Тя потупа ръката на дъщеря си. „Деветдесет и девет пъти съм те прибирала от училище навреме, а ти винаги помниш онзи един път, когато закъснях". Тя си пое дълбоко дъх и се отдръпна.

„Извинявай, мамо."

Тийнейджърът седеше на близката пейка и преглеждаше снимките, които беше направил. Той погледна нагоре, когато жената се обърна. Сега изражението на лицето ѝ изглеждаше по-детско, с изпъната напред брадичка.

„Този път знам пътя към дома" - каза дъщерята с усмивка.

Жената изсумтя, обърна се назад и прегърна дъщеря си. „Трябва да тръгвам, бебе."

„Аз не съм бебе."

„Знам, че не си. Почакай тук, изчакай ме. Ще се върна. Прекръстете се на сърцето ми." Тя имитира прекръстване на сърцето, след което си тръгна.

„Ще се видим скоро, мамо", каза детето. Тя изпъна врат, наблюдавайки как пропастта между нея и майка ѝ се увеличава.

Тийнейджърката гледаше с пълни със сълзи очи. В крайна сметка тя беше добра майка, или по-добра, отколкото той си мислеше, че е.

Майката се обърна и целуна момиченцето си, след което продължи да върви.

Телефонът му отново завибрира. Абе. Трябваше да стигне до банката.

Детето разкопча раницата си, извади книга и започна да чете. В продължение на минута-две той я наблюдаваше. Беше мило, как движеше устните си, за да изговаря думите.

Той провери часовника си. Сега, когато беше по-сигурен, че майка ѝ ще се върне, както беше обещала, той отиде в банката.

Това беше единственият начин да попречи на Ейб да го потърси. Ако Ейб трябваше да излезе от магазина, за да го търси...

Той не искаше да мисли за това.

ГЛАВА 2

JENNIFER WALKER

Когато се отдалечи на няколко метра, Дженифър погледна към дъщеря си, която остана на пейката, както ѝ беше наредено. Мразеше да я оставя сама там, но какъв избор имаше след това, което беше направила? Тя отвори камерата на телефона си и направи снимка на дъщеря си. Снимката показваше момиченцето ѝ в рамка от най-синьото небе и още по-синята вода на езерото Онтарио. Доволна, че дъщеря ѝ не помръдва, тя се обърна в посоката, от която бяха дошли.

Докато се връщаше, тя си помисли за своя партньор Марк Уилър. От известно време излизаше с него, макар да знаеше, че той вече е женен.

В по-голямата си част, поне когато излизаха на публични места или когато дъщеря ѝ беше наблизо, той беше мил и нежен.

Но когато оставаха сами и в менюто им се появяваше секс, той имаше друга страна.

Вярно е, че понякога тя се наслаждаваше на робството, дори на малко еротични пошляпвания. Еротичното задушаване обаче стигаше твърде далеч. Усещането да се спускаш под водата, надолу, надолу, надолу. Да се задъхваш, сякаш никога повече няма да го намериш, беше нещо, което я плашеше. Така че този път тя си стъпи на краката и отказа да го направи. Марк продължи и го направи със себе си, докато тя отиде да си вземе душ. Когато тя се върнала, той бил мъртъв. Била твърде уплашена, за да махне дори найлоновата торбичка от главата му. Вместо това отишла в стаята на дъщеря си и прекарала нощта там, а на сутринта двамата напуснали къщата.

Телефонът ѝ иззвънял, най-накрая това бил той. „Трябва да ми помогнеш“, каза тя. „Нямам към кого да се обърна.“

„Марк ли е?“ - попита приятелят ѝ, също шофьор на Марк, Пончо.

Тя се разплака. „Да.“

„Добре, веднага ще дойда. Намира се на около петнайсет минути път. Дръж се здраво.“

За да се разсее, в съзнанието ѝ изникна споменът за Кейти като новородено, докато преживяваше първия път, когато я е държала. Дъщеря ѝ беше най-малкият, най-мекият и най-красивият малък ангел, който някога беше виждала. Беше пораснала толкова бързо. Дженифър мразеше да оставя дъщеря си сама на брега, но трябваше да се отърват от тялото.

Особено с оглед на връзката на Марк с общността и със света на наркотиците. Дори да им кажеше истината, никога нямаше да ѝ повярват. Бащата на Марк имаше торби с пари - а тя не можеше да рискува да влезе в затвора. Какво щеше да стане с бебето ѝ?

Тя се засмя, като си помисли колко пъти е обвинявала майка си, че прави глупави неща за мъже, които не си заслужават. Тя погледна към небето: „Мамо, съжалявам, тъй като това нещо, което направих, взема наградата“. Историята винаги се повтаряше. Знаейки това, тя не се чувстваше по-добре.

Престани да се самобичуваш, глупачке, помисли си тя. Щеше да се върне за Кейти, преди да се усети. Освен това в раницата на дъщеря ѝ имаше една книга. Куклата, която наричаха Кейти-младша, докато дъщеря ѝ се опитваше да измисли как да я нарече, ѝ докарваше ужас. Той ѝ я беше дал. Щеше да ѝ вземе друга кукла и да изхвърли тази в кошчето.

Вече почти вкъщи, Дженифър забеляза бял ван, който чакаше на алеята. Пончо вкара колата в гаража, след което тя го затвори. Влезе през входната врата и пусна Пончо, като се надяваше, че любопитната ѝ съседка отсреща е заета с нещо друго.

ГЛАВА 3

KATIE

След като прочете книгата на куклата си два пъти, Кейти я прибра. Тя наблюдаваше чайките, които летяха нагоре, а след това надолу толкова бързо, че бутаха клюновете си във водата. Понякога изскачаха обратно, носейки малка рибка в човките си. Тя ръкопляскаше, когато това се случваше. Неведнъж минаващите покрай нея хора се спираха, за да видят на какво ръкопляска, и се присъединяваха към нея. Кейти се чувстваше по-малко самотна, когато това се случваше.

„Толкова е сладка“, каза ѝ една млада двойка. Тъй като те бяха непознати, тя не каза нищо, а продължи да наблюдава чайките.

Времето минаваше, докато слънцето малко по малко се придвижваше надолу по небето и един полицай спря. „Всичко ли е наред?“

Не разговаряй с непознати - каза гласът на майка ѝ в главата ѝ. Все пак той беше полицай. Беше човек, на когото можеш да се довериш в трудни моменти. „Чакам майка си. Тя ще се върне след минута."

Полицаят навярно й повярва, тъй като нахлупи шапката си и продължи нататък.

„Благодаря ви", каза тя с надеждата да види майка си да върви към нея. Тя затвори очи и ги отвори отново, надявайки се на различен резултат. Нямаше такъв късмет.

Кейти сплеска червената си рокля отпред. Повдигна малко ръкава, където ластикът я притискаше и оставяше следа. Тя се поклати напред-назад. Самото движение накара глезенната част на сандалите й да се стегне, затова тя престана да движи краката си.

Снощи Марк и мама я бяха сложили в леглото. Тогава тя чу шумове. Когато бяха силни - крещяха - беше страшно, но не достатъчно страшно, за да й попречи да заспи.

Майка й винаги казваше: „Кейти, ти можеш да заспиш и при торнадо". Това я разсмиваше.

Когато тази сутрин излязоха от къщи, мама каза, че Марк е спал. Затова трябвало да се облекат и да излязат от къщи набързо.

Когато завесите се преместиха от другата страна на улицата, Кейти каза: „Пак търси, мамо".

„Не се притеснявай за този любопитен стар прилеп", каза майка й и повлече дъщеря си заедно с куклата, която носеше зад гърба си.

Марк не беше истинският баща на Кейти, но той идваше често. Понякога й купуваше неща, като например куклата ѝ. Когато той беше наблизо, майка ѝ отначало беше щастлива. После той си тръгваше и майка ѝ казваше, че никога няма да се върне. Но той винаги се връщаше.

Момичето живеело в постоянно състояние на объркване. Мъжете идваха и си отиваха. Въпреки това тя обичаше куклата, която беше нейна близначка.

Проблемът беше как да я нарече. Не можеше да я нарече Кейти Две, защото близнаците нямат едно и също първо име. Въпреки че я имаше от известно време, куклата все още оставаше без име.

През повечето време на детето не му липсваше да има баща. На децата не им липсва често нещо, което никога не са имали. Докато обществото не им го напомни - като например обяда за Деня на бащата в училище.

„Ще ми бъдеш ли татко в училище на обяда за Деня на бащата?" Кейти попита Марк.

„С удоволствие, скъпа", отговори той.

„Но Марк е зает човек", каза майка ѝ.

Когато Денят на бащата настъпи, Кейти беше единственото дете, което нямаше никого. Другите деца, които нямаха бащи, бяха довели дядовци, братя или чичовци. Кейти, която нямаше и нито един от тях, беше още по-разстроена.

Когато Кейти се разплака на масата за вечеря, майка ѝ се обади на директора. Тя поискала училището да забрани провеждането на мероприятията за Деня на бащата.

Кейти не искаше той да бъде отменен за всички. Всичко, което искаше, беше приобщаване. Присъствието на Марк щеше да направи всичко наред за всички.

Наблизо прелетя чайка. Птицата какавидира по средата на капака, оставяйки сувенир след себе си. Тя се разпръсна по роклите на детето и куклата. Кейти първо избърса сълзите от очите си. След това направи същото и за куклата.

Искаше й се майка й да побърза да се върне.

ГЛАВА 4

BENJAMIN

Беше късен следобед и Бенджамин отиваше към банката. Той погледна в посока на крайбрежието: детето все още беше там! Беше прав в първоначалното си предчувствие - майка ѝ беше позорен родител. Да оставиш едно малко момиченце съвсем само на брега през целия ден беше изоставяне.

Той побърза да отиде на брега. Трябваше да се отърве от дневните си приходи, преди банката да затвори. Вместо да рискува да чака, той внесе парите в банкомата, след което се върна да провери какво става с момиченцето.

Абе вече му беше писал два пъти с въпроса къде си?

Отначало си беше помислил, че е вълнуващо да запознае Ейб с технологиите, но сега това беше болка в задника. Не че Ейб не вярваше на Бенджамин. Всъщност мъжът и съпругата му бяха законните настойници на Бенджамин. Макар че

Аби се занимаваше с търговия с хора, продавайки стоки на публиката, той не беше човек на хората.

„Имам нужда от 2 т/к от нещопърво- отговори тийнейджърът.

„Добре, добре“, отвърна Ейб. „Трябва да извикам жената от кухнята, за да ми помогне!“

Той се засмя, преди да изпрати подходящ емотикон, докато се връщаше да провери как е момиченцето.

ГЛАВА 5

KATIE

Кейти остана на пейката в парка. На хоризонта се виждаше, че слънцето залязва. Беше станало късно. Майка ѝ я беше забравила - отново. Детето трябваше да уринира и се замисли дали да не се прибере пеша. Тя знаеше пътя, но нямаше ключ. Искаше ѝ се да си беше обула маратонките или по-малко щипещите сандали.

Не искаше да е навън, когато се стъмни. Дори сега си представяше как около нея се образуват сенки, породени от отраженията на облаците. Когато един гарван се провикна, тя скочи и се стресна. Една божа краставица пропълзя по крака ѝ, по роклята ѝ. Тя я вдигна на пръста си и я остави да тръгне по ръката ѝ, докато не остави жълта ивица, докато вървеше.

„Всичко е наред - прошепна тя на насекомото, - всички пикаят". Тя сложи красивото червено буболече на пейката и то отлетя.

Стомахът ѝ се сви, тя бръкна в чантата си и извади разтопена миниатюрна китка. Толкова беше вкусно, но със сигурност ѝ се искаше да не е мини и се надяваше майка ѝ да се върне скоро.

Детето се престори, че храни куклата, а после се върна към четенето.

Беше чела книгата толкова много пъти, че съзнанието ѝ се върна към по-ранните часове на деня, когато майка ѝ каза, че днес няма да ходи на училище.

„Защо?" - попита тя. „Искам да ходя на училище."

„Днес ще отидем на крайбрежието. Ще гледаме птиците, ще слушаме вълните, а по-късно ще отидем в кафенето за бебешки чинийки".

„Аз вече не съм бебе", възрази Кейти.

„Знам, че не си, но не обичаш ли все още бейби чинос?"

Момиченцето изпъна брадичка, мислейки си за Baby Chinos. Вече беше голямо момиче и когато майка ѝ идваше да я прибере, вместо това си поръчваше изключително голям ягодов млечен шейк.

„Ще бъде толкова забавно!" - гласът на майка ѝ отекваше в ушите ѝ.

„Такова забавление", повтори детето. После се запита: „Мога ли да я заведа?" Кейти попита. Това се отнасяше за нейната кукла.

„Да, можеш, стига да я носиш през целия път дотам и обратно. И не забравяй, че ще носиш и раницата си".

„Добре, мамо, ще го направя." Кейти промуши ръцете си през ремъците на раницата и обви ръце около талията на куклата.

Над нея V-образна група канадски гъски си проправяше път през небето. Тя забеляза, че слънцето е залезело още малко. Поколеба се и взе ръката на куклата в своята, когато стъпките се приближиха. Те принадлежаха на човек, който, когато го видя, разбра, че не е момче или мъж - беше някъде по средата.

Тя сгъна ръцете си около себе си. Докато слънцето потъваше все повече надолу, и тя пожела да има пуловер или палто. Забеляза, че момчето/мъжът не носеше нито едно от двете. Черната му тениска имаше скала отпред, а под нея думите: ZOOM! ѝ напомниха за едноименното телевизионно предаване. Момчето/мъжът имаше златист загар по лицето и ръцете. Носеше черни дънки и маратонки.

Тъмнината настъпваше и тя искаше майка ѝ да се върне и да я вземе отново у дома. А дотогава искаше момчето/мъжът да ѝ каже нещо, каквото и да било.

Въпреки че не трябваше да говори с непознати, звукът на нечий глас, когато се чувстваше така, щеше да я успокои. Макар че на момчето/мъжа най-вероятно му бяха казали същото - да не говори с непознати.

Другото нещо беше, че ако той все пак я заговореше, тя вероятно щеше да се разплаче. Не искаше той да я помисли за бебе, защото ако това станеше, щеше да се обади на полицай и щеше да разбере, че това не е първият път, когато майка ѝ забравя да я прибере.

Вдигна книгата си и я използва като стена, за да не види момчето/мъжът падащите ѝ сълзи.

ГЛАВА 6

BENJAMIN

Той мина покрай нея, за да види дали ще го заговори, тя не каза нито дума, но изглеждаше толкова тъжна, после се скри зад книгата си. Той продължи да върви, после се скри в храстите зад нея, за да може да я държи под око, без тя да знае.

Веднъж, спомни си той, когато той и другите деца си играеха навън, мина един мъж. Той спря и заговори едно от момичетата, после се върна с колата си и се опита да я придума да влезе вътре. Бенджамин избяга и разказа на приемните им родители какво се е случило. Той дори запомнил номера на колата, което им позволило да съобщят в полицията.

Това беше един от малкото случаи, в които го послушаха, и на него и на другите деца им беше забранено да играят в предния двор.

Това момиченце беше в ужасна ситуация и скоро щеше да стане още по-лошо, когато се стъмни напълно. Да, в близост до пейката имаше улична лампа, но тя я правеше още по-уязвима. Тя беше забележима като фар по време на буря.

Той допря ръка до вечнозеления храст. Сладкият мирис на Коледа върна спомените за отминалите времена. Като първата Коледа в дома на Ейб и Ел. Те му бяха подарили повече подаръци, отколкото беше получавал през всичките си Коледи, взети заедно.

Той поклати глава и се зачуди дали да се обади в полицията? Не, щеше да изчака още малко. Искаше да сгреши. Искаше майка ѝ да се върне и да я прибере. Реши да ѝ даде още малко време.

Раздели клоните, от чиито драскащи иглички го сърбеше.

Майката и бащата на Бенджамин никога не биха го оставили сам така. Не и нарочно. Те умряха, когато беше момче, и го направиха сирак - не по своя вина. Случваха се инциденти, да, той знаеше за тях. Една злополука би обяснила всичко.

На момиченцето му беше студено и то трепереше, докато слънцето се спускаше все по-ниско и по-ниско на хоризонта.

Тъй като нямаше палто, което да ѝ предложи, единственото, което можеше да предложи, беше приятелско лице, но първо трябваше да измисли план А. А когато това вече беше твърдо заложено в съзнанието му, се нуждаеше от план Б.

Тя приседна зад храстите, за да помисли.

ГЛАВА 7

KATIE

Чуваше как вятърът гъделичка дърветата, докато денят преминаваше в нощ. Чу шумове зад себе си, но се уплаши да се обърне. Вместо това хвана другата ръка на куклата и притисна и двете към гърдите си.

Тя си спомни за времето, когато майка ѝ реши да ѝ даде урок. Бяха в киносалона. Тя каза, че ще купи още пуканки.

„Не говори с никого и не се обръщай“.

„Добре, мамо.“

От задния ред това, което Кейти не знаеше, беше, че майка ѝ я наблюдава. Тя и друг мъж, не Марк, изчакаха, докато тя се обърне.

„Ха!“ - изруга майка ѝ.

„Ах, остави я на мира“, беше казал приятелят на майка ѝ, когато Кейти се разплака.

По-късно той напусна театъра и те трябваше да вземат такси до вкъщи.

Майката на Кейти обеща, че никога повече няма да играе тази игра. Тя обгърна с ръце себе си.

ГЛАВА 8

BENJAMIN

След като изработи в ума си планове А и Б, той помисли какво да каже. „Всичко ще бъде наред", прошепна си той. Не, това звучеше банално. „Ще те заведа на сигурно място" - прошепна той, дали това няма да я изплаши? В края на краищата той беше непознат. Беше лепкава ситуация и той не искаше да каже нещо погрешно.

В същото време трябваше да мисли и за собствената си безопасност. Беше тийнейджър, излязъл късно, в обществен парк. Наблюдаваше едно малко момиче, за да се увери, че няма да му навреди. За другите присъствието му можеше да бъде изтълкувано погрешно.

Да не говорим, че момчетата, които са сами на обществени места, могат да попаднат във всякакви ситуации. Особено, ако има пакети момчета, които искат да го нападнат или да предизвикат бой.

Веднъж, много отдавна, той беше преследван безмилостно от такава тълпа - измъкна се само защото бягаше по-бързо. Само като си помислеше за това сега, всички ужаси се връщаха. Той се обгърна с ръце.

Определи си срок. Ако никой не дойде да я прибере до тридесет минути - прошепна той, - тогава ще говоря с нея.

Когато тридесетте минути изминаха, той прегледа плановете. План А - да й помогне, като я придружи до дома. План Б, ако тя не знаеше адреса си, щеше да предложи да я заведе до полицейския участък. Така или иначе нямаше да напусне крайбрежието, докато това бедно изоставено дете не се окаже някъде, в безопасност.

ГЛАВА 9

KATIE

Тя седна изправена, предупредена от стъпките в далечината. Високи токчета. Сърцето ѝ се разтуптя. Майка ѝ най-после се връщаше да я прибере!

Тя вдигна куклата и погледна към уличната лампа над себе си. Представяше си, че светлината се стича надолу и я сгрява. Искаше ѝ се да беше помислила за това преди, тъй като вече не ѝ беше студено. Въображението беше вълшебно нещо, винаги можеше да си помислиш, че лошите неща са изчезнали.

Тя си спомни за другите случаи, когато майка ѝ я беше изоставяла. Веднъж беше останала единственото дете в училище в края на деня. Една от учителките я забелязала и я завела при директора, сякаш самата тя била направила нещо нередно. Не беше.

По-късно, когато майка ѝ дошла да я прибере, директорът се натъжил.

В други случаи майка ѝ я е оставяла за по-дълго време при познати. Този път беше различен. Тя беше съвсем сама.

Високите токчета се приближиха.

ГЛАВА 10

BENJAMIN И KATIE

Бенджамин шумолеше във вечнозеления храст и наблюдаваше момиченцето. За него тя беше като по-малка сестра, въпреки че не се бяха виждали преди. Беше мъдър повече от възрастта си. В приемната система трябваше да защитава другите. Веднъж или два пъти му се наложи да се изложи на риск, защото никой не го послуша. Поглеждайки към телефона си, той си пое дълбоко дъх. Вторият тридесетминутен период беше приключил. Тогава щеше да отиде при нея.

Подметките щракнаха по паважа.

Той измъкна глава от храстите, като махна с ръка на един клон. Искаше да види дългоочакваната щастлива среща. Тази жена не беше майката. Тя продължи да върви.

Той въздъхна.

Докато жената не се обърна назад и не се приближи до малкото момиченце на пейката. Тя се наведе и прошепна нещо.

„Съжалявам, но не ми е позволено да говоря с непознати - каза Кейти и се наведе назад.

Жената миришеше така, сякаш се беше изкъпала в миризливото червено вино, което Мама и Марк пиеха в луксозни чаши. Тя използва пръстите си, за да запуши носа си.

„Казвам се Джени - каза тя. „Как се казваш ти?"

Тя не проговори, а продължи да държи носа си, за да се предпази от миризмата.

„Твърде млад си, за да си сам тук. Къде са родителите ти?" Жената се огледа и прошепна: „Хайде, кажи ми името си, тогава вече няма да сме непознати."

Бенджамин не чуваше нищо, докато жената не каза: „Ставай!"

И в един миг той се озова там, сякаш беше хвърлена граната.

Жената на име Джени протегна ръка и се опита да накара Кейти да я вземе, но тя все още здраво се държеше за носа с едната си ръка, а с другата - за куклата си.

„Ето те и теб!" - каза той, размахвайки показалеца си към нея. „Казах ти да броиш до десет и после да дойдеш и да ме намериш!"

„Аз", каза тя, "съжалявам."

„Тутакси" - каза жената на име Джени, докато бъркаше в чантата си и извади телефона си. Постави го до ухото си, започна да говори и си тръгна. В тъмнината отекна звукът от щракането на обувките й.

„Имаш ли нещо против да те изчакам тук?" - попита той. Тя кимна и той седна на пейката до нея. Когато

вече не се чуваше звукът от щракането на токчетата, той каза: „ПУ, вече знам защо си държеше носа!"

„Миризмата е лоша, но вкусът е още по-лош."

„Опитвала ли си вино?" - попита той.

„Веднъж, това е тайна. Мама не знае."

„Тайната ти е в безопасност при мен", каза той. „Хм, искаш ли да те заведа до вкъщи?"

„Чакам майка си. Тя трябва да дойде да ме вземе скоро." Гласът ѝ се поколеба и тя погледна към краката си.

„Има ли някой, на когото да се обадя да те прибере? Някой изобщо?"

„Не. Мама винаги идва."

„Тогава нямаш нищо против да те изчакам тук?"

„Както искаш", каза Кейти.

Тримата седнаха заедно на пейката в парка. Русокосо момиченце с кукла-близнак и тъмнокос тийнейджър.

„Как се казваш?" - попита тя. „Казвам се Кейти."

„Аз съм Бенджамин, но ако искаш, можеш да ме наричаш Бенджи".

„Веднъж видях един филм с малко куче на име Бенджи. Изглеждаше мършаво, като теб."

Той разроши косата си с пръсти.

„О, не исках да го направя", каза тя. „Искам да кажа, че не изглеждаш прекалено мършав."

Той се засмя и тя също се засмя. Известно време те слушаха вълните, които се удряха в скалите, и наблюдаваха звездите, които танцуваха в небето над тях.

Тя се разтрепери.

„О, студено ти е. Иска ми се да имам палто, което да ти дам."

„Няма значение, важна е мисълта."

„Прав си, важна е мисълта. но важни са и действията и намеренията зад мислите, които са ги вдъхновили. Това, което имам предвид, е следването им. Разбираш ли за какво говоря?" Тя кимна.

Седяха заедно тихо няколко минути, преди Бенджамин да заговори отново.

„Знаеш ли, че можеш да мислиш точно обратното на това, което чувстваш, и да промениш всичко?"

„Знам, че въображението е сила", каза тя с повдигната вежда. „Но как?"

„А, ти си скептик?"

„Дали съм?" - тя се поколеба. „Каква съм?"

„Скептикът е човек, който не вярва на това, което е чул - освен ако не разполага с доказателства. Искате ли да ви покажа как, за да промените всичко?"

Тя се усмихна: „Да, моля!"

Той започна: „Когато ми е студено, пея в главата си песен, която е противоположна на това да ми е студено..."

„Искаш да кажеш, че е топло?"

Той кимна.

„Не знам никакви топли песни."

„Ако не знаеш топла песен, измисляш си такава:

Днес е смешно горещо,

Сладоледът ми се топи.

Докато слънцето грее

Когато слънцето ме огрява.

Шоколадът, когато се топи.

Вкусът е още по-добър

Когато слънцето грее надолу

Със слънцето, което грее толкова топло."

„Знам мелодията, но тя е с други думи", каза тя.

„А, ти разпозна, че пея думите си на Фрер Жак".

„Това е много умно", каза тя.

„Чувстваш ли се по-топъл сега?"

Беше престанала да трепери и гъшите тръпки по ръцете ѝ бяха изчезнали. „Работи!"

Продължиха да пеят песента заедно, по мелодията на Фрер Жак. Скоро пеенето за храна накара и двамата да се почувстват гладни.

„Можеш ли да свириш?" - попита той.

Тя погледна към краката си. „Не, но не е нужно да знам как - не и ако знам думите".

„Вярно е", каза той.

Върнаха се към гледането на небето. Когато тя откри човека на Луната, се престори, че е отчупва парче сирене от лицето му. Тя предложи една хапка първо на Бенджи.

„Това е най-хубавото сирене, което някога съм опитвала."

Тя отхапа още една хапка: „Толкова съм сита" - възкликна тя с въздишка."

За известно време двамата мълчаха.

„На какво разстояние живееш?"

„Не е далече, но с тези сандали - те щипят - ще ти се стори, че е така. Освен това нямам ключ."

„О, да, виждам, че глезените ти изглеждат червени."

„Освен това мама ми каза да не мърдам от това място".

Той скръсти ръце. „Добре, ще изчакаме, но не е безопасно за нас, да останем тук още дълго".

„Ами майка ти и баща ти?" - попита тя, като сега отново започна да усеща студа и запя слънчевата песен в главата си.

„Те са на небето."

„Съжалявам", каза тя и го погали по ръката.

„Всичко е наред, случило се е преди години." Той мълчеше и пееше слънчевата песен в главата си. „Имам една идея. Можеш да дойдеш при мен. Можеш да спиш в леглото, а аз ще спя в големия удобен стол. Бихме могли да се върнем на сутринта, да чакаме майка ти тогава".

„Когато майка ми се върне, ако съм помръднал и на сантиметър - тя ще се разкрещи."

„Ще ти обясня всичко. Тя ще иска да си на сигурно място. При мен ще бъдеш в безопасност."

„О", каза тя, като се огледа наоколо. „Тъмно е."

„Да, а когато е късно и тъмно - е, можеш да се окажеш на грешното място в грешното време. Могат да се случат ужасни неща.“

Тя скръсти ръце, сега отново й беше студено.

„Не искам да те плаша, но мисля, че трябва да те заведа вкъщи. Може би майка ти вече е там и те чака.“

„Не мисля така, но...“

„Заслужава си да опиташ“ - изправи се той. „Нека да видим какво мисли твоята кукла.“ Той направи няколко крачки и се наведе, сякаш куклата му шепнеше на ухото. „О, да“, каза той. „Знам, но със сигурност майката на приятеля ти ще разбере. Хм. Да.“

„Какво казва тя?“

„Тя също иска да се прибере у дома. Беше ужасно дълъг ден.“ След това към куклата: „Но краката на Кейти много я болят, ще трябва да те оставим тук, за да мога да я закарам до вкъщи.“

„Не можем да я оставим тук. Тя е най-добрата ми приятелка.“

„И добра приятелка е, като ти прави компания тук по цял ден.“

Той погледна телефона си, батерията скоро щеше да свърши. Не можеше да носи нея и куклата на гърба си. Трябваше ли да натисне 911 и да извика полицията да дойде и да я прибере? Можеше да отиде пеша до полицейския участък, но той беше доста далеч.

„Знаеш ли пътя до дома ти?“

„Мисля, че да.“

„Добре, Кейти, предлагам ти план А.“

„Какво е план А?“

„План А е, че ще те закарам до вкъщи със свински каруци, за да не се налага да ходиш пеша и да си нараняваш краката още повече. Ако майка ти е вкъщи, тогава ще се върна и ще ти донеса куклата. Звучи ли ти добре?“

„Да, харесва ми план А.“

„А сега план Б“, каза той. „Ако имаш план А, винаги трябва да имаш и план Б.“

Тя разпери ръце и кимна.

„План Б, само ако майка ти не си е вкъщи, може да мине по един или друг начин“.

„Кой начин ще ми хареса най-много?“ - попита тя, след което го изчака да отговори.

Той преосмисли вариантите. Дали да се обади в полицията, или да я вземе вкъщи и да се върне на сутринта? Той обясни.

„Така или иначе, трябва да оставя куклата си тук, нали?“

„Какво ще кажете да я скрием там, във вечнозеления храст? Ще бъде все едно, че тя те чака под коледната елха! След това ще можем да се върнем на сутринта и да я приберем. Тя ще мирише на Коледа и ще може да ти разкаже всичко за своето приключение“.

Тя се наведе и куклата прошепна нещо. „Добре“, каза тя.

Една част от него се надяваше, че майка ѝ ще се прибере. Другата се притесняваше да я остави с
майка, която не си е направила труда да я прибере. Той чу гласа на Ел в главата си. Не съди - щеше да каже тя. Както винаги, Ел - надяваше се той - щеше да се окаже права.

Ел беше омъжена за Ейб. Те бяха законните му настойници, хазяите му и работодателите му. Откакто отпадна от гимназията, той прекарваше по-голямата част от времето си с тях и знаеше, че те ще го разберат - и ще искат да му помогнат.

Бенджамин свали ръка и ѝ се поклони. „Милейди, готова ли сте да бъдете транспортирана до дома?"

„Забравих нещо - каза тя, с присвити устни.

Веждите му се повдигнаха: „Какво забравихте?"

„Не трябва да говоря с непознати."

„Да, ама ние вече не сме непознати. Ти знаеш името ми, а аз знам твоето име и съм развълнуван да ти предложа превоз обратно до твоя скромен дом." Той падна на едно коляно.

„Стани!" - заповяда тя, като се кикотеше, докато се изправяше на пейката. Бенджи се обърна, а тя хвърли ръце около врата му и скоро те потеглиха.

„Почакай малко", заповяда тя, като посочи куклата.

„Упс", каза Бенджи и вдигна куклата. Той я скри под вечнозелените храсти.

„Прав си", каза Кейти. „Тук наистина мирише на Коледа."

„Всичко е готово за тръгване?"

След като тя му каза какво е, Бенджамин набра адреса на Кейти в телефона си.

Тя се захили. „Имаш ли нещо против да ти задам един въпрос?"

„Не, заповядай."

„Личен е, за майка ти и татко ти."

„Нямам нищо против, случило се е много отдавна. Питай."

„Мама винаги ми казва, че не трябва да ставам прекалено личен."

„Нямам нищо против."

„Ти говориш ли с тях?"

Той се изненада. Никой никога не му беше задавал този въпрос. „Не", отговори той.

„Никога, никога?"

„Не."

„Обърнете се отново тук." Той се обърна. „Не мислиш ли, че те са самотни без теб?"

„Аз..." Той не знаеше как да отговори, затова не го направи в продължение на няколко минути. „Оставиха ме, сам. Беше инцидент, но..."

„Не говориш с тях, защото смяташ, че инцидентът е по тяхна вина?" „Не," отговорих. Тя се държеше по-силно, опирайки главата си на рамото му.

„Не им се сърдя. Те не са ме изоставили нарочно, но да, ядосана съм".

„На Бога?"

„Бях ядосана на всички, после срещнах Джулиъс". Те ме приеха и ми дадоха дом. Помогнаха ми да изградя нов живот. Да бъда отново част от семейство. Дори ми казаха, че е нормално да плача. Като момче не бях свикнал, че това е нормално. Ти си малко момиче, така че не бива да прехвърлям проблемите си върху теб. Мисля, че трябва да поговорим за нещо друго".

Малкият ангел не каза нищо в продължение на няколко минути. Беше заспала непробудно.

Скоро той разбра, че тя е била права за разстоянието. Изобщо не е било твърде далеч.

Първото нещо, което забеляза веднага, беше, че къщата ѝ беше в пълен мрак. Надяваше се поне да види запалена светлина на верандата, за да посрещне детето у дома. Вместо това и там беше тъмно и той се затрудни

да намери звънеца на вратата. Позвъни няколко пъти, но както и очакваше, не се отзова.

Той се отдръпна и проследи с поглед всички околни къщи от двете страни на улицата. Всички те също бяха потънали в мрак, макар че за миг му се стори, че е видял как на последния етаж в къщата отсреща се движи завеса. Тъй като нямаше друг избор, той се върна по пътя, по който беше дошъл.

Малката Кейти не беше тежка, но с времето щеше да става все по-тежка, а и за да стигне до дома му, все още беше дълъг път. Все пак беше супер щастлив, че не се беше съгласил да носи със себе си куклата. Надяваше се, че тя ще бъде достатъчно в безопасност там, където се намира.

Тя вдигна глава: „Забелязахте ли?"

„Какво?"

„Понякога завесата се премества от другата страна на улицата. Мама казва, че имаме любопитна съседка."

„О, не съм забелязала нищо. Но дали са хубави съседи?"

„Не знам. Мама винаги ми казва да не разговарям с непознати."

„Дори със съседите си?"

„Да, особено с любопитните ни съседи."

„Добре, Кейти, мисля, че сега преминаваме към план Б."

Тя се прозя. „План Б."

„Да, милейди", каза той и ускори темпото. Тя хъркаше на рамото му, докато се чуваше сирена. Той затвори очи, когато вятърът вдигна прах и парчета хартия. В далечината лаеше куче.

Тя вдигна глава, когато стигнаха до входната врата на Джулиъс. „Тук сме - каза той, - но шшш, Ел и Ейб спят. Апартаментът ми е точно там горе." Посочи нагоре по стълбите. Когато стигнаха до върха, тя захърка шумно. Той свали щипкавите ѝ сандали, след което я сложи в леглото.

Тя беше полузаспала, „Трябва да пишкам" - каза тя.

Той ѝ показа къде е банята, след което отиде в кухненския бокс, където им приготви препечени сандвичи със сирене и горещо какао.

„Къде си, Бенджи?“ - попита тя, когато излезе от банята.

„Точно тук“, каза Бенджамин, носейки сандвичите и какаото на поднос.

След като се нахрани, Кейти прозя най-големия широк прозявка и се настани, за да заспи. Той я зави и забеляза, че тя вече е заспала твърдо.

Той събу обувките и чорапите си и метна одеяло върху себе си на удобния стол. Той също заспа за нула време.

ГЛАВА 11

BENJAMIN И ABE

На сутринта, когато през завесите надникна първият лъч светлина, Бенджамин се събуди. Протегна се и за миг забрави защо спи на удобния стол. Одеялото се изтъркoли от него и падна на пода на буца. Той се изправи и въпреки че беше млад мъж, тялото му го болеше. Щеше да се наложи да преименува стола, тъй като вече не го смяташе за удобен стол.

Разтърси болките и тогава погледът му попадна върху Кейти. Той прошепна името ѝ, въпреки че тя хъркаше надалеч. Сякаш знаеше, че той мисли за нея, тя вдигна ръка. Той си помисли, че сигурно сънува училище. Тя промърмори нещо нечленоразделно, спусна ръката си, обърна се с лице към прозореца и отново заспа.

Бенджамин я остави да спи нататък, като остави вратата открехната, за да може да я чуе, ако се събуди.

Докато се отдалечаваше от вратата, той се зачуди дали тя е от онези деца - като него - които се страхуват, когато се събудят на непознато място. Тъй като беше споменала, че майка ѝ често я оставяла при други хора - но винаги се връщала за нея - той предпочете да сгреши от страната на предпазливостта за всеки случай.

В банята се оправи, след което постави чайника да заври в кухненския бокс. Искаше му се горещ сладък чай и препечен хляб с масло.

Докато чакаше, си мислеше за семействата и за това как въпросите на Кейти бяха разбудили някои нерешени въпроси в съзнанието му.

Родителите му бяха починали, оставяйки го сирак. Осъзна, че ги обвинява за това, че са го изоставили, въпреки че това не е било по тяхна вина. Тъй като нямаше други кръвни роднини, той попадна в системата на приемните семейства. Той е

се беше затворил в себе си, предпазил се беше от тази система, след като за първи път беше попаднал в дом, в който го малтретираха.

След това преживяване от скърбящо дете се превърна в ужасно дете. После, вместо да го преместят в безопасен дом, го преместиха в още по-лош. А след това в още един и още един. Тогава си мислеше, че си е заслужил лошия късмет, но сега знаеше, че е трябвало да бъде защитен там. Вместо това нямаше на кого да се довери и той премина в режим на борба или бягство. Тъй като беше твърде малък, за да се бори за себе си срещу всички възрастни и други деца в домовете, той направи последното. Може би затова изпитваше нужда да обвинява родителите си след толкова години, защото трябваше да обвинява някого, освен себе си.

След като избяга, те го настигнаха и отново го вкараха в дом, където беше малтретиран както физически, така и психически. В някои случаи той предпочиташе физическото пред психическото. И отново избягал, като се стремял никога повече да не се доверява на никого.

Тогава съвсем случайно се сблъсква с Ел и Ейб. Бяха излезли на вечерна разходка и се държаха за ръце. Бяха стари, може би два пъти по-възрастни от родителите му. Когато той отвори сърцето си пред тях, Ел го прегърна. Тя го нахрани. Абе слушаше. Ел го покани да дойде и да се наспи добре в свободната им стая. Оттогава той не напускал дома им, освен когато се преместил от свободната стая в собствения си апартамент. Беше на тринадесетия му рожден ден.

Докато разбъркваше чая си и добавяше захар, той се сети за майката на Кейти. Беше ли се върнала? Дали щеше да е там, когато Кейти се събуди? Надяваше се да е така. Надяваше се, че ще бъде толкова щастлива, че дъщеря ѝ е в безопасност. Толкова щастлива и толкова облекчена, че никога повече няма да я изостави. Но лошите родители винаги си бяха лоши родители. Леопардите не сменяха петната си.

Той си представи как майката на Кейти намира куклата, скрита в храстите. Дали щеше да изпадне в паника и да се обади в полицията? Неговите отпечатъци щяха да са навсякъде. И все пак, той

не би променил нищо, дори и да можеше, защото единственото, което искаше да направи, беше да й помогне.

Държейки чашата си, той се разхождаше. Може би трябваше да заведе детето в полицейския участък. Сега можеше да се окаже в затруднено положение. Дори когато тийнейджърите казваха истината, излизаха чисти - възрастните не им вярваха. Не и ако е замесен друг възрастен.

Той отпи още една глътка, когато някой почука на вратата на апартамента му. Беше господин Джулиъс, Ейб, неговият настойник, хазяин и шеф. „Ела с мен, шшш - каза той, докато Ейб го следваше по стълбите към апартамента му. Бенджамин показа на Ейб един поглед към спящата Кейти. Тъй като тя беше откопчала завивките, той влезе на пръсти вътре и отново ги сложи върху нея. Мълчаливо се върнаха в кухнята.

„Коя е тя?“ Абе попита.

Бенджамин се поколеба, чудейки се откъде да започне. „Името й е Кейти и майка й не я е събирала

от крайбрежието вчера. Не знаех какво друго да направя, затова я доведох тук“.

Ейб каза на Бенджамин, че е трябвало да я заведе направо в полицейския участък.

Бенджамин поклати глава. „Тя беше прекалено уморена и уплашена.“ Той се изправи и изключи зареждащия се телефон: „Сега мога да им се обадя.“

„Изчакай“, каза Ейб. „Нека помислим върху това, сега когато тя е тук.“ Те отпиха още чай в мълчание. „Постъпил си правилно. Гордея се с теб.“

„С Кейти говорихме да я заведем в участъка снощи. Решихме да изчакаме, да дадем на майка ѝ още един шанс тази сутрин. Освен това оставихме куклата ѝ там. Тя е в естествен размер, една от коледните вносни кукли, които продавате“.

Ейб се усмихна. „О, наистина? Аз не си я спомням, но може би Ел ще я запомни. Макар че съм сигурен, че не сме единствената фирма, която продава кукли“.

„Вярно е“, каза Бенджамин. „Още чай?“

Абе кимна, след което след миг мълчание. „Предполагам, че всеки родител заслужава втори шанс, но ако тя не се появи тази сутрин, тогава се обаждам в полицията.“

Бенджамин добави още чай в чашата на Ейб. Той се поколеба, после прошепна. „Ако майката на Кейти съобщи, че е изчезнала, след като съм я довел тук, те ще ме търсят. Може дори да ме арестуват, ако се върна да взема куклата.“

„Чакай малко“, каза Ейб. „Някой видя ли те?“

„Една жена, опита се да накара Кейти да отиде с нея.“

„И никой друг?“

„Един офицер разговаря с нея за кратко по-рано през деня, но не се върна. Не ме е видял с нея.“

„Няма смисъл да се тревожиш за „може би“ и „може би“ - каза Ейб. „Не можеш да я оставиш там цяла нощ. Това си е направо небрежност, да не говорим за престъпление от страна на майка ѝ. Ако не обръщаш внимание на детето, тогава ще бъдеш съучастник“. Той отпи. „Въпреки че сте постъпили правилно, отвличането на споменатото дете също е престъпление“.

Бенджамин преглътна: „Аз, аз, я доведох тук, на безопасно място“.

Ейб потупа тийнейджъра по ръката. „Знам и ти знаеш това, но дали полицията ще повярва на историята ти?“

Бенджамин отдръпна ръката си, като се изправи. Започна да се разхожда. „Когато се събуди, ще я заведа направо на мястото, където я е оставила майка ѝ. Ще обясня на майка ѝ. Тя ще разбере. Ще я накарам да разбере.“

Абе също се изправи. Той взе чашата си и я изплакна. „Това би било смело. Но какво ще стане, ако небрежната майка те обвини, че си взел дъщеря ѝ, за да се

от неприятности? Искам да кажа, че ако тя наистина съобщи за нейното изчезване. Обмислял ли си какво би се случило в такъв случай?“

Бенджамин седна и сложи ръце от двете страни на главата си. „Тогава какво трябва да направя?“

„Отиди на брега и вземи куклата. Ако майката е там, тогава това е отлично я върни тук със себе си. Ако не, върни се и ме остави да се справя със сержант Милър долу в участъка. Помниш ли Алекс Милър?“

„Да. Благодаря ти, Ейб.“

„Ти, кой?“ - обади се Ел от долния етаж.

„Ела да видиш“, каза Бенджамин, „ела горе“. Когато тя беше на върха, той сложи пръст на устните си: „Шшшшш“. Тя кимна и те на пръсти влязоха в стаята за гости, където Кейти все още спеше спокойно.

„Дете. Какво, за Бога?“

„Не се притеснявай, ще я запозная с подробностите. Междувременно - каза Ейб, - ти отиди на крайбрежието, докато детето спи. Ако майка ѝ не е там, веднага се върнете.“

Бенджамин кимна. „Благодаря ви, Абе и Ел. Аз ще бягам.“

Абе обясни всичко на съпругата си. „Любопитно ми е да знам дали майката е правила подобни неща в миналото“.

„Точно това се чудех и аз“, каза Ел.

Междувременно Бенджамин изтича до крайбрежната улица, където взе куклата. Телефонът му завибрира.

„Има ли следи от майката?“ Ейб изпрати съобщение.

„Не, но имам куклата. Връщам се сега.“

Ейб му изпрати емотиконка с вдигнат палец. Той казал на Ел: „Няма следа от майката на детето и трябва да се подготвя за отварянето на магазина“.

„Ще остана тук с нея“, каза Ел. Тя седна на стола, докато Кейти спеше на него. По някое време по-късно Ел отиде да се прибере, за да се подготви за смяната си.

ГЛАВА 12

KATIE И BENJAMIN

Кейти и нейната кукла бяха една до друга на огромно виенско колело, което се въртеше в кръг. Когато стигна до върха, то спря, а краката им висяха през ръба. Тя се хвана за пръта. За секунда се почувства сигурна и защитена. Докато щангата не се разтвори между пръстите ѝ и колата не започна да се люлее. Назад и напред, после настрани. В далечината засвири вятърът, а след това залая куче. Куклата започна да се пързаля. Тя посегна да я хване, а количката се преобърна и те паднаха.

Тя изкрещя!

В това време Бенджамин се беше върнал. Той се втурна в стаята. „Събуди се, Кейти“, каза той. „Имаш лош сън.“

Щом разбра, че е в безопасност, Кейти се хвърли около него и се държеше за живота си. Когато дишането ѝ се забави, тя се прозя и каза: „Умирам от глад!“

„Добре, че си поканена на закуска с Ейб и Ел, хайде“.

Те излязоха от апартамента на Бенджамин и влязоха в къщата. В кухнята Бенджамин чукна осем яйца в тенджера с вряща вода. Той помоли Кейти да обслужи тостера, тъй като ще им трябват осем филийки.

„Обичам препечени войници!“ Кейти възкликна. Когато хлябът беше препечен, Бенджамин го намаза с масло. Наряза го на ленти: идеален размер за потапяне в течните жълтъци.

„Какво си сънувал?“ Бенджамин попита. „Понякога е по-добре да споделиш лош сън. Ако искаш.“

„Аз, аз не искам да мисля за това“, каза Кейти, настанявайки се на мястото си на кухненската маса.

Госпожа Джулиъс, Ел, надникна в кухнята. „Здравейте“, каза тя и се усмихна в нейна посока.

Кейти отдръпна стола си, изтича до Ел и прегърна непознатата около кръста. Прегърна я силно, сякаш се бяха срещали и преди.

Ел дълго я галеше по главата, борейки се със сълзите, после я запрати към масата.

Бенджамин гледаше, разбирайки как се чувства Кейти. Ел имаше онова лице, онези очи, от които струеше доброта, нежност. Самият той я беше харесал веднага и сега Кейти правеше същото.

„Е, по-добре да занеса това в магазина, за да може Абе да закуси - каза Ел. „Знаеш колко много мрази да работи сам в магазина. Събота е най-натовареният ни ден. Това лакомство ще бъде приятна изненада."

Бенджамин донесе яйцата в чашки за яйца на масата.

На излизане Ел затвори вратата след себе си.

„Тя е хубава дама, нали?"

Кейти грееше и с очите, и с усмивката си. „Да, тя е първата ми незабавна приятелка."

Бенджамин поклати глава. „Незабавен приятел - това е нещо ново за мен." Той докосна горната част на едно от яйцата, те все още бяха твърде горещи, за да се разчупят.

Кейти си пое дълбоко дъх, след което затвори очи. Отново ги отвори. „Нараних ли чувствата ти? Заради това, че с теб не бяхме незабавни приятели?"

Бенджамин се усмихна. „Съвсем не." Той счупи първото яйце. „Просто се чудех." Сложи малко масло и сол върху яйцето, после счупи друго и направи същото.

„Никога не съм срещал баба си. Ел, приличаше на бабата в главата ми - ето защо тя веднага ми стана приятелка".

„Има смисъл."

Ел се върна и тримата потопиха хлебните си войници в течните яйца.

„Ти си наистина отличен готвач" - каза Кейти.

Той се усмихна, докато почистваха и слагаха мръсните чинии в съдомиялната машина. „Хайде да тръгваме. Не забравяй, че имаме неща за вършене.“

„И места, които да видим“, захили се тя.

„Радвам се, че си тук“, каза Ел.

***

Бенджамин разресваше косата на Кейти, която миришеше на мед и канела.

„Обзалагам се, че майка ми ме търси. Можем ли да отидем и да я потърсим сега на брега?"

С усмивка Бенджамин излезе от стаята и попита: „Не си ли забравил някого?". Върна се няколко секунди по-късно, криейки нещо зад гърба си. „Воала!" - възкликна той, докато разкриваше куклата на Кейти.

Тя хвърли ръце около врата ѝ, гукайки и шепнейки как много ѝ липсва нейният близнак. Бенджамин се оказа прав, куклата ѝ наистина миришеше на коледна сутрин и това беше добре. Това, което не беше толкова хубаво, беше, че се чувстваше малко мокра на места. Тя направи лице.

„А, забелязала си, че е малко влажна - каза Бенджамин. „Доведете я тук, близо до вентилационния отвор, и тя ще бъде като дъжд за нула време".

Заедно поставиха куклата близо до отоплителния уред, а след това Бенджамин, предложи. „Как бихте искали да се научите да си миете зъбите с пръст? Това е, докато ти купим четка за зъби?“

Кейти изпищя и се забавляваше да се учи. След това Бенджамин обу сандалите ѝ.

„Майка ти не беше там, на крайбрежието, когато взех куклата тази сутрин“.

Долната ѝ устна излезе навън. Тя се разтрепери.

Той погледна към краката си. „Не се притеснявай. Господин Джулиъс, тоест Ейб, има приятел, който работи в полицейското управление“.

„О, не - каза Кейти.

„Какво става?“

„Те ще разберат.“

„Какво ще разберат?“

„Не мога да ти кажа, но не искам мама да си има неприятности“.

„Не се притеснявай, приятелят на Ейб е добър човек. Той ще знае как да помогне. Междувременно ние с теб можем да се забавляваме с Ел днес“.

Детето кимна.

„Тя може дори да ти позволи да помагаш в магазина като голямо момиче“.

Кейти се усмихна. За момента беше разсеяна от проблемите си.

ГЛАВА 13

АВЕ И САРЖАНТ MILLER

Ейб помолил жена си да се погрижи за магазина и вече тръгнал пеша, за да се види с приятеля си в участъка сержант Алекс Милър. Беше преосмислил плана си да му се обади. Личното посещение щеше да е по-добро, тъй като бяха дългогодишни приятели.

Когато се срещнаха за първи път преди години, Алекс беше млад офицер и новак. Ейб беше работил в магазина си, когато двама въоръжени мъже нахлуха и откраднаха парите в касата. Ейб се отърва с лек удар в главата. Беше толкова благодарен, че съпругата му беше отишла на едро в този ден.

След като се свързал с полицията, те изпратили Алекс заедно с по-старши служител. По-възрастният офицер предложил на Ейб да наеме някой, който да пази вратата. Той каза, че или да плати за скъпа охранителна система. Ейб не можел да си позволи нито един от двата варианта. Те попълниха доклад и си тръгнаха, но

Алекс се върна. Той предложи да работи на лунна светлина - срещу заплащане. Като млад офицер не му изпращаха много часове.

Ейб се съгласи да плаща на Алекс по два часа на ден и те станаха приятели. Няколко месеца след началото на работните им взаимоотношения друг магазин на същата лента като този на Ейб бил ограбен. Алекс заловил и двамата престъпници сам. По-късно Ейб ги разпознава на снимка и бандитите са изпратени в затвора.

След това Алекс започва да се издига в йерархията. Двамата с Ейб обаче продължават да поддържат връзка и когато Алекс се жени, той и Ел присъстват на сватбата. Когато им се ражда първото дете, той и Ел са поканени на кръщенето. Едно момиченце, последвано от две момчета-близнаци. През годините Ейб и Ел присъствали на Коледа и Деня на благодарността в дома на Милър.

След това, когато Бенджамин се появи в живота им, а Алекс беше повишен в сарген, те загубиха връзка по отношение на

по семейните въпроси, но все пак успяваха да се срещат от време на време на чаша кафе.

Пристигайки в полицейския участък, той поиска на рецепцията да се срещне със сержант Милър, за когото му казаха, че не е свободен. Ейб седял известно време в чакалнята, докато не забелязал в другия край на стаята билборд със снимки на деца. Изчезнали деца.

Ейб се премести, за да го разгледа по-отблизо, след като си почисти очилата. Нито едно от децата нямаше дълга руса коса. Удовлетворен, че детето на име Кейти не е сред тези на плаката, той отново седна на мястото си.

Сержант Милър пристигна и двамата приятели си стиснаха ръцете. Милър им предложи да се отбият от участъка в едно кафене на пешеходно разстояние. „Там няма да ни безпокоят, а и на мен ми е полезна почивката".

Те седнаха в една кафенешка кабина, а Ейб се поинтересува как са всички у дома.

„Мина доста време, стари приятелю, нали? Добре са, благодаря ти - каза Милър. Той отвори телефона си и показа на Ейб кратко видео от церемонията по завършването на гимназията на близнаците му. „Хенри иска да стане лекар" - каза Алекс с гордост. „Джими иска да стане адвокат." Той прелистваше още снимки, след което спря. „И Джени, защо тя и Уил току-що ни дадоха първото ни внуче. Тя е истинска красавица." Остави снимката отворена, за да я разгледа Ейб, и се върна към приготвянето на кафето си, като добави две сметани и подсладител.

„А, тя е доста сладка. Поздравявам теб и съпругата ти, че сте баба и дядо за първи път". Той отпи от кафето си. „О, и лекарят е уважавана професия, а да се занимаваш с право - също. И двете са по-сигурен избор за кариера от твоята професия". Той се засмя, след което разбърка чашата си с кафе.

„Това е сигурно" - съгласи се Алекс, докато отпиваше глътка. Силното кафе изгори устните му, но той все пак отпи още една глътка.

„Светът става все по-опасен - продължи той, - и се надявам да се пенсионирам някога в недалечно бъдеще. Освен това не искам да се притеснявам за синовете си, които излагат живота си на опасност, когато най-накрая мога да си сложа краката нагоре и да си почина."

Двамата приятели отпиха и потопиха поничките в кафето си.

„И така, какво те доведе днес при мен?" Алекс попита, поглеждайки часовника си. „Надявам се, че тази твоя жена не ти създава проблеми."

Ейб се усмихна. „Не." Той се поколеба. „Имам приятел."

„О, не, не с гагата „Имам приятел".

Ейб продължи: „Имам приятел - усмихна се той, - който е малко притеснен."

„Разкажи ми повече."

„Снощи е намерил едно дете на крайбрежната улица, което е седяло само. Изоставено от майка си. Той я е отвел на безопасно място."

„Приятелят ти е добър гражданин", каза Алекс. „И така, в този случай как мога да помогна?"

„Приятелят ми се чуди дали няма да си навлече малко гореща вода за това, че се е намесил в ситуацията. Той е непълнолетен, а детето е било твърде травмирано, за да го заведе в участъка. Ако приятелят ми се изкаже сега, ще си навлече ли неприятности за това, че е забавил докладването?“

Алекс обмисли въпроса. „Колко добре познавате това момче?“

„Помниш ли Бенджамин?“ Ейб седна изправен.

Алекс допи кафето си. Сервитьорката се върна и ги попита дали искат още нещо. Когато отказаха всичко, освен сметката, тя прибра чашите.

„О, да, помня го. Приятно възпитано момче, което оценява какъв късмет има да бъде член на вашето семейство.“

„Той винаги е бил като син за нас“, каза Ейб. „И като стана дума за семейство и деца, зачудих се нещо.“

„Слушам.“

„Онази вечер видях едно предаване, „Матлок“, помниш ли го?“

„Да, обаче е малко остаряла - особено белите му костюми“. Милър се засмя.

„Да, все пак си спомням кога бяха популярни - белите костюми и шлеповете. Да, на толкова години съм.“

Той се засмя, после продължи. „В програмата се казваше, че човек не може да съобщи за изчезването на детето си в продължение на двайсет и четири часа. Това е американско предаване, както знаете, но се зачудих дали и тук е така“.

„В Канада едно дете може да бъде обявено за изчезнало по всяко време. Няма период на изчакване."

„О, не знаех това - каза Ейб. „Интересно."

„Повечето хора си мислят, че е двайсет и четири часа", каза Алекс. „Тази дезинформация може да се отдаде на повторенията и фалшивите новини".

Ейб се засмя. „Някой съобщил ли е за изчезнало дете тогава, имам предвид тук, в града, от вчера насам?"

„Доколкото ми е известно, не - каза Алекс. „Възможно е все още да не знам за него. Понякога нещата се промъкват в участъка." Той се наведе по-близо. „Трябва да знам - къде е детето сега?"

„Бенджамин ни запозна с нея тази сутрин. Ел вдига шум, както можете да си представите."

Сержант Милър кимна, когато телефонът му иззвъня. Трябваше да се върне в участъка.

Той попита дали през последните двадесет и четири часа е съобщено за изчезнало дете, малко момиче, нямаше такова. Той прекъсна връзката. „Няма нови съобщения за изчезнали деца".

„Ами, разбирам", каза Ейб. „Какво да правим сега?"

Милър каза: „Ако я заведете в участъка, ще се погрижим за нея, докато се намесят от „Закрила на детето".

„Тя се настани толкова добре при нас."

„Да, да я оставим при вас в момента може би е най-добрият вариант. Докато разследваме.

Не бих искала да я изпратим преждевременно в приемната система. Особено ако това е първо нарушение."

„Ние ще я пазим."

„Знам, че ще го направите, но ще трябва да се консултирам с шефа си. От това, което виждам, вероятно е най-добре да я оставим там, където е." Той се изправи. „Искаш ли да ми кажеш още нещо, преди да направя запитване?"

„Бенджамин се върна на крайбрежието днес с надеждата, че майката на детето ще бъде там - не беше".

„Добре, че не се е върнала" - каза Милър. „Това трябва да се разследва. За да се види дали не е рецидивист". Той отново провери времето. „На колко години е детето?"

„Не знам със сигурност, но очаквам да е на седем или осем".

Милър излезе от кафенето, говорейки по телефона си, и се върна след няколко минути. „Засега тя може да остане при вас. Междувременно ще помоля моите служители да следят за една жена, която се разхожда по крайбрежието. Имате ли представа как изглежда?"

„Не, ще трябва да поговорите с Бенджамин. Или мога да го попитам за вас и да ви съобщя?"

„Разбира се. Разбери и ми пиши." Той протегна ръка и тя бе топло приета.

„Благодаря ти" - каза Ейб.

Милър добави: „Каквото и да се случи, не предавай детето. Ако жената се появи, задръж я и ми се обади. По всяко време двадесет и четири-седем. Искам да поговоря с нея - да й кажа за какво. Също така да се уверя, че е законна и разбира грешките, които е допуснала. Ако е необходимо, ще задействам социалните служби".

Ейб каза, че ще изпрати SMS с описанието на жената възможно най-скоро.

„Добър човек - каза сержант Милър, когато се разделиха пред кафенето.

Ейб, вместо да се прибере направо вкъщи, отиде на крайбрежната улица. Седна на една пейка и се заслуша в чайките и вълните. След като трийсет минути не видя никого, той се върна в магазина, където жена му излезе да го посрещне.

„Добър като злато - каза Ел, като целуна съпруга си първо по лявата, а после по дясната буза.

Той забеляза, че съпругата му има пружина в крачката си и бузите ѝ са зачервени. Това му напомни за дните, когато за пръв път се бяха сгодили.

***

След като разказа на Ел за срещата си със сержант Милър, Ейб попита децата какво гледат по телевизията.

„Спондж Боб Квадратни гащи“ - каза Кейти. „Той е забавен.“

„Еми, можеш да разкажеш на Бенджамин какво се е случило по-късно, ако няма проблем? Тъй като бих искала да поговоря с него навън за момент или два.“

Тя кимна.

„Разбрахте ли нещо в участъка?“ Бенджамин попита, след като затвори вратата зад себе си.

„След малко ще ви разкажа, но в момента сержант Милър иска да му предам описание на майката на Кейти чрез SMS.“ Той подаде на Бенджамин телефона си. „Продължавай напред и набери информацията. Ти си по-бърз в писането.“

Бенджамин щракна върху него: Здравейте, сержант Милър. Това е Бенджамин. Майката на Кейти носеше тъмна рокля без ръкави, червен шал и обувки на висок ток. Косата ѝ беше тъмна, почти черна, а вчера, когато слънцето беше навън, носеше тъмни слънчеви очила.“

„Височина?“ Милър отговори.

„Приблизително метър и седемдесет - без токчетата.“

„Благодаря. С.А.М.“

Бенджамин отвърна с емотиконка с вдигнат палец. „И така, кажи ми какво откри за Кейти“.

„Отначало го поднесох като хипотеза. Поговорихме си, после го запознах с подробностите“.

„Добре, достатъчно честно.“

„Мога да потвърдя - каза Ейб, - че тя все още не е обявена за изчезнала“.

„Сигурно нещо се е случило с майка й. Надявам се, че тя е добре.“

„Сержант Милър, Алекс, каза, че сте постъпили правилно, като сте я довели тук. Неговите служители ще следят за майката. Ако се появи, ще я отведат за разпит. Ако има някакви новини за Кейти, ще ни съобщят“.

„Още веднъж ти благодаря, Ейб.“

„Тъй като е събота и Кейти не трябва да ходи на училище, това е добре. Надявам се, че до понеделник всичко ще се оправи и тя ще се върне в клас, сякаш нищо не се е случило“.

„Да“, каза Бенджамин и вече си мислеше колко много ще му липсва, когато я няма.

Ел излезе в коридора и триото си прошепна.

„Ние с Ейб смятаме, че тя ще се чувства по-удобно в стаята за гости“.

Бенджамин изглеждаше разочарован и погледът му се насочи към пода.

Ел го докосна по ръката. „Мога да я наглеждам, когато вие двамата се грижите за магазина. Можем да се занимаваме с момичешки неща.“

Ейб се намеси: „Ти също имаш нужда от сън, Бенджамин, а този стар стол не е подходящ за спане“.

„От години се каним да сменим това старо нещо.“

„Това е в списъка ми със задачи“, каза Ейб. „Някой ден ще се заема да го претапицирам.“

„По-добре го изхвърлете в кофата за боклук или го използвайте за дърва. Исках да оправя малко стаята. Рафтовете за книги също се нуждаят от пребоядисване.“

„Ще го добавя в списъка.“

Ел го целуна по челото. „Би било хубаво да направя стаята по-момичешка.“

„Тя е тук за кратко.“

„Знам, знам. Но това ме кара да си мисля за по-малката ми сестра Сами. Саманта. За пакостите, които правехме заедно.“ Тя погледна към съпруга си. „Винаги съм искала да имам собствено момиченце - това е следващото най-добро нещо. Дори да е само за малко.“

Ейб я прегърна. „Разбирам, че двамата искате да си играете заедно.“

Ел го целуна по бузата и тримата изпаднаха в групова прегръдка.

Когато се разделиха, Ейб попита: „Кати знае ли адреса си?".

„Знае го, а и снощи го проверихме. Никой не беше вкъщи и тя няма ключ. Намира се на улица „Онтарио", номер 74.

Ейб извика Google maps на телефона си и въведе адреса с плана да отиде до къщата. След като сам я огледа, щеше да съобщи адреса на приятеля си сержант Милър. „Детето ще има нужда от неща - каза Ейб и даде кредитната си карта на Бенджамин. „Купи ежедневни дрехи, пижама, прилични обувки, чорапи и долни неща. И четка за зъби."

Бенджамин подреди кухнята, докато Ейб разказваше за посещението си в полицейския участък. „А, и още нещо, ако Кейти види майка си, или обратното, тя не трябва да бъде връщана при нея. Искат първо да разговарят с жената в участъка."

Кейти влезе в кухнята: „Мама ми в беда ли е?"

„Не, не, скъпа", каза Бенджамин. „Полицията иска да се увери, че тя е добре, това е всичко." Той разроши косата ѝ. „А сега измий лицето си и среши косата си." Тя влезе в банята и затвори вратата.

„Какво ще стане, ако майка ѝ предизвика сцена? Имам предвид, ако ме види, един непознат с дъщеря си?"

Ейб прошепна: „Тя е изоставила собствената си дъщеря. Всеки би могъл да я вземе, така че се съмнявам, че ще предизвика сцена“. Той провери дали Кейти не е излязла. „Освен това бедната жена може да не е наред с главата. Ако види детето, звънни в полицията и остани на място. Попитайте за сержант Милър. Той ви помни и ще се погрижи за това“.

Бенджамин седна и остана безмълвен.

„Виждам, че сме те разтревожили“, каза Ейб. „Детето ще знае какво харесва и от какво се нуждае, а персоналът ще ви съдейства“.

Бенджамин погледна в краката си, не знаеше нищо за купуването на дрехи за малко момиче.

Ел каза: „Искаш ли да дойда с теб?“. Тя погледна съпруга си. „Ако това не е проблем за теб? Ще е след 3 часа, така че няма да е ужасно натоварено отново“.

Бенджамин кимна. „Моля те, Ейб.“

Кейти имитира думите на Бенджамин. „Моля те, Ейб.“

Без да може да се съпротивлява, Ейб кимна.

„Отиваме да пазаруваме, за теб“, каза Бенджамин. „Ти, Ел и аз.“

Кейти изпищя от удоволствие.

ГЛАВА 14

ШОПИНГ

Не след дълго Кейти вече имаше всичко от списъка.

„А сега да хапнем нещо" - предложи Ел.

Влязоха в едно кафене на главната улица. Кейти си поръча ягодов млечен шейк, Ел поиска силен чай, а Бенджамин - кола с лед.

Тя отпи от млечния си шейк. „Искаш да ме попиташ нещо, нали Ел?"

Ел кимна. „Откъде познаваш това дете?"

„Няма нищо страшно, ако ме питаш. Нямам нищо против."

Ел се поколеба, след което попита: „Кой е любимият ти цвят?".

Кейти се засмя, явно не беше въпросът, който очакваше. „Нямам един любим цвят. Защо да избирам един, когато има толкова много?"

Ел се усмихна. Не беше отговорът, който очакваше.

„Имам въпрос", попита Бенджамин. Той се поколеба, докато Ел и Кейти чакаха. „Кой купи куклата за теб? Майка ти ли беше?"

Кейти отпи още млечен шейк през сламката си. „Той", каза тя.

Ел се наведе по-близо: „Баща ти?"

„Не, приятелят на майка ми Марк. Беше подарък. Той винаги ми носи подаръци."

„За Коледа? Или за рождения ти ден?" Бенджамин попита.

„Не, за нищо не стават подаръците. Той просто се появява и носи нещо за мен."

„О", каза Бенджамин и погледна Ел. „И така, какъв е твоят млечен шейк?"

„Вкусът му е като на рай" - каза Кейти, след което сложи пръст върху устните си.

„Какво не е наред?" Ел попита.

„Просто си мисля..."

„За какво?" Бенджамин попита. „Не е нужно да ни казваш, ако не искаш."

Кейти се замисли, после каза: „Ако майка ми беше тук, щеше да пие карамелен млечен шейк. Щяхме да отпиваме бавно. Винаги отпиваме бавно. Аз забравих и отпих бързо, а сега всичко е изчезнало". Тя се нацупи.

„Искаш ли още една?" Бенджамин попита.

„Мога ли?"

„Можеш." Той повика сервитьора.

Когато той дойде, Кейти каза: „Чакай, не ми трябва още една."

„Защо не?“ Ел попита.

„Просто е. Сега, когато мога да си взема още една, тази ми е достатъчна“.

Бенджамин и Ел се погледнаха един друг, а след това се върнаха към Кейти.

„Ти си единствена по рода си, дете“, каза Ел.

„Това винаги го казва мама.“

Тя плати сметката и те излязоха на улицата.

„Мога ли да нося новите си обувки, моля?“

„Разбира се, че можеш“, каза Ел, докато сваляше сандалите на Кейти.

Тя изви пръстите на краката си вътре в маратонките, след което подскочи по тротоара. Ел и Бенджамин се опитаха да я настигнат.

ГЛАВА 15

ОТНОВО У ДОМА

Връщат се у дома, където намират Ейб да седи в люлеещ се стол. Раменете му бяха отпуснати, а ръцете му бяха скръстени в скута.

Ел отиде при него и го целуна по челото. „Отивам да пусна вана за Кейти. Това ще ѝ помогне да заспи след всички вълнения."

„Добра идея, любов", каза Ейб. След това се обърна към Бенджамин: „Как мина пазаруването?"

„Беше забавно - Кейти е пълна с енергия. Дори на мен ми беше трудно да я настигна."

Ейб се усмихна. „Съжалявам, че го пропуснах." Той понижи гласа си. „Имам повече информация. Бих предпочел да споделя

с теб и Ел едновременно. Когато малката заспи."

Бенджамин се прозя.

Ейб каза: „Защо не се качиш горе, да поспиш малко. Ще поговорим след един час, добре?"

„Звучи като план. Благодаря." Той се качи по стълбите.

✳✳✳

Когато Кейти заспа, те се събраха във всекидневната. Ел приготви няколко сандвича. Абе беше особено гладен. Не беше ял от закуска насам.

„Тя веднага заспа“ - спомена Ел. „И изглеждаше красива в новата си нощница на принцеса“.

„Имахме прекрасен ден днес, благодаря ти много, че ни помогна, Ел.“

„За мен е удоволствие.“

Ейб приключи с дъвченето на сандвича си, избърса устата си и отпи глътка вода. „Имам новина. Не е лесна за разказване. Моля, не ме прекъсвайте и не задавайте въпроси, докато не приключа“.

И Ел, и Бенджамин се приближиха и се съгласиха.

„След като затворих магазина в пет часа, отидох в дома на Кейти. Не планирах да отида до утре, но нещо ме накара да отида днес и затова отидох“. Той направи пауза.

Продължавай с това, мислеше си Бенджамин, но знаеше, че да го каже, щеше да е грубо.

„Почуках на входната врата, никой не отговори, но завесите бяха открехнати. Спрях и се ослушах за звуци отвътре, нищо. Заобиколих откъм страната на къщата и отидох отзад. Нямаше никакви признаци, че там живее дете, никакви играчки, колела, люлки или топки. Никакво пране не висеше на въжето.

„Поръчах си такси и шофьорът ме чакаше на тротоара. Отидох до съседната врата и почуках. Отвори един мъж, който ми каза, че някой живее в съседната къща, едно малко момиченце и една жена, това е всичко, което знае. После затръшна вратата пред лицето ми.

„В периферното си зрение видях как от другата страна на улицата се движи завеса. Пресякох се там и почуках. Отговори една жена, която ме покани да вляза за по питие.

Тя видя, че таксито чака, и му каза да се махне. Каза, че ще се свърже с друго, когато съм готов да тръгна. Съгласих се, тъй като усещах, че тя може да има информация, която да предаде за майката на детето. Беше зает човек, в това нямаше съмнение. Обикновено щях да я избягвам, но в този случай информацията за благополучието на детето беше ключова, така че останах.

„Къщата ѝ беше чиста и подредена. Не бях изложена на никакъв риск, а единственият звук в дома ѝ беше непрестанното тиктакане на дядовия часовник. Седнахме и споделихме една кана чай.

„Когато попитах за детето, тя ми каза, че в къщата от другата страна на улицата винаги се случват някакви неща. Крясъци. Въртяща се врата от мъже и коли, паркирани на алеята, а понякога имало преливане на улицата. Тя си помислила, че това са женени мъже. А и каза още, че последният моден мъж имал голяма кола и шофьор. За майката на Кейти се говореше на цялата улица“.

Ел сложи ръка на устата си: „Бедното малко момиченце.“

Бенджамин смени темата. „Разбра ли нещо за Кейти?“

Ейб въздъхна. „Тиха и добре възпитана“, обясни съседката Джуди Смит. „Каза, че вчера сутринта е забелязала и майката, и дъщерята. Тя се е откроила, защото е бил учебен ден и детето е носело със себе си кукла в естествена големина. Не ги е видяла обаче да се връщат вкъщи.

„Когато ѝ омръзна да говори с мен, тя отиде до входната врата на къщата си и засвири по улицата. Синът ѝ, таксиметров шофьор, спря отпред. Тя ме избута през входната врата, качи ме в колата и аз дадох на мъжа фалшив адрес. Не исках да знаят адреса ми. Изглеждаха ексцентрични.“

„Искате да кажете, че са луди?“

Ейб кимна, после си наля чаша чай и предложи по една чаша на Ел и Бенджамин.

„Вече можете да задавате въпроси - каза той.

✳✳✳

Минаха минути, може би петнайсет или повече, преди Ел да наруши тишината. „Това бедно малко мишле. Какъв трябва да е бил животът ѝ с мъже, които идват и си отиват по всяко време на деня и нощта.“ Ел се пребори с хлипането, дълбоко в майчината си същност. „Никакъв живот за никое дете - и ето ни тук. Ние с теб, които никога не бихме могли да имаме собствено дете.“

„Ето, ето“, каза Ейб и потупа съпругата си по ръката. „Точно моите чувства. На този свят няма справедливост. Никаква логика или причина. И все пак, кои сме ние, за да съдим?“

„Всичко, което знам - намеси се Бенджамин, - е, че Кейти обича майка си.“

„Дори малтретираното дете обича майка си - каза Ел.

„Доказателството е в изоставянето“, каза Ейб.

„Може би не е можело да се помогне. Не знаем какво се е случило - каза Бенджамин.

„Това е вярно. Съжалявам, че толкова бързо съдих. И така, какво се случва сега?" Ел попита.

„Изчакваме - каза Ейб. „И ще задаваме въпроси, без да разстройваме малката Кейти. Да разберем каквото можем. Междувременно сержант Милър ще задвижи нещата в своята част. Предадох адреса на Кейти; Бенджамин му даде описание на майка си. Те ще проверят болниците, моргата и крайбрежието".

„Моргата" - каза Ел. „Не искам да мисля за това, че малкото е съвсем само на света".

„Знам, знам", каза Ейб. Той смени темата. „А и преди да съм забравил." Той бръкна в джоба си и извади плик, който постави на масата. „Това беше в пощенската кутия в къщата на Кейти."

„Ейб, да крадеш чужда поща е федерално престъпление!" Ел възкликна. Този изблик не беше достатъчен, за да я спре да обърне плика, така че и тя, и Бенджамин да могат да го прочетат.

„Напълно съм наясно с този факт - потвърди Ейб. „Но сега вече знаем, че името на майка ѝ е Дженифър Уокър".

Бенджамин зяпна и се изправи, след което целуна Ел по бузата. „Сега Кейти не е сама. Тя е тук с нас." Той пожела лека нощ. „Благодаря ти за помощта." Ейб го плесна по гърба, както баща би плеснал син.

На горния етаж той се преоблече в пижамата си и падна в леглото си. Беше прекалено уморен, за да свали завивките, и вместо това се сгуши в одеялото.

****

Бенджамин стоеше на ръба на покрива на висока сграда и не можеше да погледне надолу, а пръстите на краката му вече бяха над линията. Беше нощ и звездите бяха процепи, като очи в небето, които го наблюдаваха, искаха да продължат напред. Скочи, сякаш му казваха. Просто скочи.

Той се поклащаше и се клатушкаше. Беше толкова лесно да върви напред, колкото и да се връща назад, а той беше съвсем сам. Съвсем сам на света, без никой да се грижи за него. Нямаше кой да се грижи за него. Никой не се интересуваше дали ще живее, или ще умре.

Беше чел много книги за герои. Млади момчета, които също като него са загубили родителите си и са направили невероятни неща в живота си. Разбира се, този тип герои бяха измислени.

Чакай малко! Аз съм добър човек. Помагам на хората. Мисля за другите преди себе си. Не лъжа, не крада и не наранявам другите и винаги, почти винаги, спазвам обещанията си.

Защо почти винаги? - попита глас високо над него.

Той не отговори - вместо това се преобърна през ръба - и се събуди на пода до леглото си. Дрехите му бяха влажни от пот - но той беше в безопасност. В безопасност и добре. Въпреки че беше 4 часа сутринта, той не искаше да заспи отново. Успокои се и започна да играе игри на телефона си. Под стаята си чуваше как някой крачи напред-назад. Вероятно Ейб. Той си сложи слушалките. След като няколко приятели се присъединиха, той се потопи изцяло в онлайн игра за няколко играчи. Играеше, докато слънцето не изгря на хоризонта, след което се върна в леглото.

ГЛАВА 16

ABE И EL

Ейб не можеше да заспи. „Буден ли си?"

„Вече съм."

„Аз съм малко гладен, а ти?"

„Сега, когато съм буден, и аз съм." "Хайде, ще приготвя нещо. Какво ти се яде?"

Докато се разхождаха по коридора, те се загледаха в Кейти.

„Тя е такова малко ангелче."

„Това е." Сега в кухнята Ейб каза: „Сандвич с препечено сирене би ми допаднал".

„Добре, ти сложи чайника, а аз ще запаля скарата."

Когато храната беше готова и чаят се киснеше в чайника, те седнаха и изядоха сандвичите си.

„Това наистина беше много вкусно, благодаря."

„Уютната храна винаги го прави." Тя отдръпна стола си назад.

„Не, седни за минута. Искам да поговоря с теб."

„Чаша чай?" Ейб кимна и тя напълни чашите им. „Какво те притеснява? Знам, че има нещо."

„Помниш ли, че говорихме за осиновяването на Бенджамин?"

„Да, но тъй като той вече беше на петнайсет, решихме да не продължаваме".

„И все пак продължавам да си мисля, че ако все пак го осиновим, тогава, ако нещо се случи с мен - той ще е семеен и ще може да ти помага в магазина. Да го поеме, ако се наложи. Същото важи и за теб, ако нещо се случи с теб - той ще ми бъде от значителна помощ."

Ел разбърка чая си. „Иска ли той да бъде осиновен? Той не се нуждае от нас, както преди, когато за първи път дойде тук да живее с нас. Той е независим млад мъж. Не бих искала да го приковавам към нас."

Ейб повиши глас. „Да го приковеш към нас? Това ли си мислиш? АЗ, АЗ..."

„Успокой се, любов. След няколко години той ще бъде достатъчно голям, за да отлети сам - и има пълното право да си тръгне. Каква беше онази поговорка, че ако обичаш някого, освободи го и ако се върне, той е твой."

„А ако не се върнат, значи никога не са били. Не си спомням кой го е казал."

„Може би Киплинг или някой мъдър човек като него. Не казвам, че никога няма да се върне; мисля, че ще се върне. Обича да работи в магазина."

„Да, и един ден би могъл да стане собственик на магазина - да го управлява. Да продължи нашето наследство.“

„Ако иска.“

„Разбира се.“

„Какво би искал да прави? Какво ще облекчи съзнанието ти?“

„Бих искал да поговоря с адвоката ни Травис, да поискам съвета му.“

„Не трябва ли първо да повдигнем темата с Бенджамин?“

„Ако го направим и променим мнението си след юридическия съвет - това може да има последици. Предпочитам първо да проверим, а след това да решим. Ако този път решим да продължим, можем да поговорим с него и да видим какво мисли“.

Ел се прозя. „О, извинете ме.“ Тя взе ръката на съпруга си в своята. „Изглежда, че имаме план. А сега да се върнем в леглото, че малката скоро ще стане и ще иска да закуси“.

ГЛАВА 17

KATIE

Ейб и Ел най-накрая заспаха, когато Кейти нададе писък в коридора.

Ел беше до нея за секунди, сякаш го беше очаквала. В момента, в който Кейти я видя, тя хвърли ръце около врата ѝ.

Ейб пристигна скоро след това. „Какво става, малката?“

„Липсва ми...“ - това беше всичко, което тя каза, преди да притисне лице в гърдите на Ел.

Бенджамин се препъна в стаята. „Какво става?“

Кейти остана неподвижна, докато двамата си разменяха тих шепот.

„Липсва ѝ майка ѝ“, каза Ел. Кейти се сгуши по-близо до него. „Вие двамата се върнете в леглата си, а аз ще остана тук с малката“. След това се обърна към Кейти: „Бихте искали това сега, нали? Ако аз остана тук?“ Тя прошепна нещо на Ел. „О, разбирам“, каза тя. „Сигурна ли си?“ Кейти кимна. „Тя би искала и ти да останеш, Бенджамин. Вземи едно одеяло отвън и можеш да го метнеш върху себе си на стола там“. Бенджамин изпълни заръката ѝ.

„Е, тогава лека нощ“ - каза Ейб, докато затваряше вратата, щастлив, че отново е в удобното си легло.

ГЛАВА 18

НЕДЕЛЯ, НЕДЕЛЯ

Неделните сутрини бяха специални в дома на Юлиус. Тъй като магазинът отваряше чак на обяд, семейството винаги приготвяше и споделяше голяма закуска.

„Днес ще има вафли - обяви Ел, извади вафладжийката и я включи в контакта. Тя продължи напред и подготви тестото, докато скарата беше готова.

През това време останалите подредиха масата. На масата бяха поставени подправки като: сиропи, плодове, масло и бита сметана в кутия.

„Вафлите ухаят толкова добре - каза Кейти, докато Ел поставяше готовите вафли в центъра на масата.

„Благодаря, любов“, каза Ел. „Има ли нещо, което сме забравили, преди да седна?“ Никой не можа да се сети за нищо, така че Ел зае мястото си в единия край на масата, докато съпругът ѝ беше в другия.

„Благодаря ти за гурме храната", каза Ейб, което беше неговата версия на молитва по време на хранене. „А сега се захващайте!" И те го направиха.

Кейти седеше и наблюдаваше останалите, тъй като никога не беше яла вафли.

„Какво чакаш, скъпа?"

„Наблюдавам, тъй като единствената вафла, която съм яла, е била сладоледена."

„Това е умна идея", каза Бенджамин. Той отиде до фризера и извади контейнер с неаполитански сладолед. След това взе от чекмеджето лъжицата за сладолед и ги занесе на масата.

Ел помогна на Кейти да сложи плодове върху вафлата си, включително боровинки и ягоди. Тя добави няколко резена ябълка. „Изглежда красиво" - каза детето.

„Сега ти опитай - каза Бенджамин.

Кейти добави лъжичка сладолед и шоколадов сос.

„О, току-що се сетих за нещо друго", каза Ел и отдръпна стола си назад. Тя се обърна към Кейти: „Не си алергична към ядките, нали?".

„Не е. Няколко деца в моето училище са, така че трябва да внимаваме, но не съм алергична към нищо".

„Аз също", каза Бенджамин, докато сипваше натрошени орехи върху гофретата си. След това добави бита сметана - въпреки че и той като Кейти вече имаше сладолед върху гофретата си.

„Може ли и аз да си взема бита сметана?"

Бенджамин напръска сметаната върху гофретата на Кейти. „Изглежда прекалено добре, за да я изядем сега“ - каза тя и всички се разсмяха. Лицето ѝ светна: „МММММ“, каза тя. „МММММ.“

След като всеки изяде своето, Ел приготви кафе.

„Прекалено съм пълен, за да се движа“, каза Бенджамин.

„Аз също“, каза Кейти и потупа стомаха си.

Ейб погледна часовника си, все още имаше време до отварянето на магазина. „О, исках да те попитам Кейти, как се казва училището ти?“

„Ходя в началното училище „Света Мария“ - каза Кейти.

Ейб въведе адреса в Google.

„Харесва ли ти училището?“ Бенджамин попита.

„Добре е.

„Утре ще се обадим на училището ти - каза Ел, - и ще им съобщим, че ще отсъстваш няколко дни.“

„Искате да кажете, че не трябва да ходя?“ „Не.“ „Искаме да те задържим тук за момента“.

„Докато майка ми се върне?“

„Да, дотогава“, каза Ейб.

„Често ли пропускаш училище?“ Ел се поинтересува.

„Само ако съм болен или ако мама не е добре, защото тя не ми позволява да ходя сам“.

„Майка ти често ли боледува?“ Ейб попита, мислейки си за твърденията за алкохол и наркотици.

Кейти започна да плаче.

„Засега стига въпроси“ - каза Ел. Тя взе ръката на Кейти в своята. „Нека измием битата сметана и шоколадовия сос от лицето ти и да те облечем в новия ти костюм. Хайде сега.“

Кейти я последва и когато остана зад затворените врати, каза: „Мама не иска да се разболява“.

„Разбира се, че не, дете“, каза Ел, докато прокарваше топла влажна кърпа по лицето на Кейти. „А сега вдигни ръчичките си и да те облечем.“

„Аз съм голямо момиче.“

„Дори големите момичета понякога имат нужда от малко помощ“, каза Ел и намигна.

„Благодаря ти.“

„Благодаря ти, че донесе малко слънце в моя дом.“

Кейти се замисли за момент и после каза: „Но ти вече имаше слънце, защото си имаше Бенджамин“.

Ел се засмя. „Права си, ние виждаме златните му лъчи всеки ден. А сега ела с теб, не можем да оставим момчетата да се приготвят преди момичетата, нали?“

„В никакъв случай!“ Кейти се захили.

ГЛАВА 19

SGT. MILLER

Когато сержант Милър пристигнал в участъка, там го очаквало спешно съобщение от коронера:

„Рано тази сутрин на брега на езерото Онтарио, близо до виадукта, бе изхвърлено тяло на жена. Обичайно място за самоубийства. Сега тя е тук, в моргата. Няма документи за самоличност, но отговаря на описанието на жената, за която ме помолихте да я издирвам. Скоро трябва да се установи причината за смъртта. Заповядайте, когато влезете, тогава ще ви информирам“.

Милър веднага отиде в моргата. Тялото беше на плочата, а коронерът и помощникът му записваха информацията.

„Може би ще искате да погледнете това“ - каза той, посочвайки разрез на гърлото на жената.

„Тогава самоубийството е изключено“ - предположи Милър, - „въз основа на ъгъла на острието тя не би могла да си го направи сама“.

„Точно така“, потвърди коронерът. „А освен това открихме следи от кожа и косми под ноктите ѝ.“

Милър погледна ноктите на жената, боядисани в кардинално червено. Поглеждайки към лицето ѝ, той видя, че в ъгъла на горната ѝ устна е останало петно от съответното червило.

„Вече изпратихме пробите в лабораторията. Би трябвало да успеем да идентифицираме нея и евентуално нападателя, ако намерим съвпадение за някой от тях в базата данни.“

„Имате ли нещо против да взема проба от пръстовите ѝ отпечатъци, за да мога да ги проверя в нашата база данни, когато се върна в офиса? Може да е по-бърз път към идентификация, ако е била задържана за някакво криминално престъпление.“

Коронерът кимна.

„Какво още знаем за нея?“

„Възрастта се оценява на 34-37 г. и е била многодетна.“

„Две раждания“ - каза Милър. „Можете ли да кажете кога е родила децата?“

„Цезарово сечение. Преди седем, може би осем години. Вагинално раждане наскоро.“

„Има ли нещо друго?“

„Оценяваме времето на смъртта в събота вечер, между 19 и 21 ч. В тялото не са открити алкохол или наркотици“. Той се поколеба: „И още нещо, тя имаше ухапвания по задната част на краката“. Той обърна тялото. „Вижте тук и там, ухапвания. Костенурките може да са причината, но ухапванията са големи".

„Разбирам", каза Милър. „Благодаря." Той направи пауза. „Какво е това, близо до гръбначния стълб?"

„Родилно петно."

Беше с големината на луничка.

Милър излезе от сградата и слънчевата светлина го удари с пълна сила. Той сложи тъмните си очила и продължи да върви към автомобила си, мислейки за детето, което остана при Ейб. Надяваше се, че мъртвата жена и изчезналата майка не са един и същи човек, но интуицията му подсказваше друго.

ГЛАВА 20

ЮРИДИЧЕСКИ ОРЕЛ

Ейб стана и излезе от къщата, преди останалите да се събудят. След разговора си с Ел той си уреди среща със стария си приятел и техен адвокат Травис Андерс.

„Искам да продължиш и да подготвиш документите. Когато Бенджамин навърши двадесет и една години, ще наследи къщата и магазина“.

„Уау, забави темпото. Какво ще кажеш за Ел?“ Травис каза.

„Можем да му помагаме в магазина, когато е необходимо. Но той ще има стимул да се активизира, да се включи повече, тъй като един ден ще бъде негов“.

„Ел също трябва да е тук. Къщата и магазинът са на името и на двама ви“.

„Ако съставиш формулярите за нас, ще я доведа, за да ги подпише. Вече сме го обсъждали.“

„За какво бързаш?“

„Не бързам. Просто искам да задвижим топката. Колко време ще ви отнеме да съставите всичко?"

„Дай ми една седмица", каза Андерс. „След това трябва да се върнеш с Ел. Обсъждали ли сте го вече с Бенджамин?"

„Все още не. Искам да видя как изглежда на хартия. Как всичко се съчетава, преди да го привлечем."

„С удоволствие ще взема парите ти, Ейб, но ако изготвя документите и той откаже, пак ще трябва да ми платиш хонорара."

„Разбирам. Не бих искал да е другояче."

„Добре, Ейб. Оставете го на мен. Ще се свържа с теб, когато е готов, и ще можеш да доведеш Ел". Той се поколеба.

„Междувременно бих го обсъдил с Бенджамин, дори и да е хипотетична ситуация".

„След като се подпише, ще бъде официално?" "Не, не. Ейб попита. „Ами ако си променим мнението?" "Не, не.

„Ще включа един кодицил. В случай че решите да отмените предложението в бъдеще".

„Благодаря ти, Травис."

„О, и не си правно задължен да разкриеш Кодицила на момчето, освен ако не решиш да го направиш. Освен това, когато му поднесем документите за подпис, трябва да присъства собственият му адвокат. Ако не може да си го позволи, предложете му да се обърне към Правна помощ за помощ. Можем да поговорим за това, когато се срещнем, аз мога да го запозная или да му препоръчам друг адвокат. Ще трябва да му дадем малко време, преди да подпише".

„Бенджамин е като син за нас - изправи се Ейб, - и искам да го улесня".

„Чакай сега, Ейб, моля те, седни" - каза Травис. „Аз съм твоят адвокат, но не мога да представлявам и двама ви. За негова собствена защита той трябва да получи съветник, различен от мен".

„Познаваме се от двадесет и пет години - каза Ейб. „Имам ти доверие. Момчето не може да си позволи друг адвокат. Струва ми се нелепо да плащам на някой друг, след като ти имам доверие."

„Ще му обясня всичко на четири очи, така че да разбере и да може да задава въпроси, без да присъствате вие или жена ви. Кодицилът е за твое и на Ел спокойствие. Това не е отражение върху момчето, а въпрос на закон. Поставянето на всичко в писмен вид е за защита на всички участници".

„Ценя съвета ти - каза Ейб. Той направи пауза.

„Което ми напомня, че онази вечер гледах повторения на „Матлок".

„Обичах този сериал" - каза Травис. „Моля, продължете."

„Ами, в епизода се опитваха да принудят една съпруга да свидетелства срещу съпруга си. Настъпи хаос, но Матлок го изхвърли от съда."

„Ах, този Матлок. Оттогава правилата са се променили. Днес в Канада съпругата може да бъде призована да свидетелства, но не е длъжна да разкрива нищо. Не и ако това се е случило по времето, когато са били женени. Известно е като съпружеска привилегия, раздел 4 от Закона за доказателствата на Канада".

„Наистина интересно - каза Ейб. „Как работи това с децата? Може ли родител да бъде принуден да свидетелства срещу дете или обратното?"

„През годините е имало много дискусии по този въпрос".

„А какво казва законът?"

Травис отиде до рафта си с книги и ги прелисти, докато намери това, което търсеше. „Основно право на детето е да бъде изслушано при всеки предшестващ случай. Това е член 12 от Конвенцията на ООН за правата на детето. Ратифицирана през 1991 г." Той затвори книгата и я прибра. „Има ли други въпроси?"

„Не, благодаря ви за отделеното време." Ейб се изправи и протегна ръка.

„Ще се свържа с вас", каза Травис.

Ейб се отправи към дома си. Да има някой, който да се грижи за съпругата му, след като той си отиде, беше неговият приоритет номер едно. Вече почти вкъщи, той се чудеше дали сержант Милър има някакви новини, които да сподели. В тази ситуация никакви новини не бяха добри новини. Най-накрая пристигна вкъщи и влезе вътре.

ГЛАВА 21

SGT. MILLER В ПОЛИЦЕЙСКИЯ УЧАСТЪК

Сержант Милър наблюдаваше как мъже и жени с белезници влизат в участъка. Чувстваше се като в средата на лошо риалити предаване.

„Това парти ли беше?" - попита той арестуващия офицер.

„Да, улично парти в източната част на града. Наркотици и алкохол навсякъде."

Една жена привлече вниманието му, докато подписваше формуляр. Беше руса, със забележимо къса пола и прекалено много грим. Тя му духна една целувка. Той ѝ обърна гръб. По-добре труп, отколкото тази за майка.

Чудеше се дали всяка майка е по-добра от никаква майка. Беше като въпроса, ако в гората падне дърво, чува ли някой? На теория нямаше правилни отговори, но в действителност - никоя майка не трябваше да е по-добра от няколкото, които беше срещал.

Върна се в кабинета си тъкмо навреме за резултатите от сканирането на отпечатъците на жената на плочата. Разбира се, тя фигурираше в базата данни, но невинаги беше местна. Беше от Квебек. Той се зачуди какво ли прави в града. Продължи да търси информация и намери доклад за изчезнало лице. Да, това беше жената на плочата. Той прелисти досието, за да провери миналото ѝ. После се обади на един от приятелите си в Монреал. Едно от момчетата, които нямаха нищо против да разговарят на английски - и го запозна с подробностите.

„Току-що беше намерено тялото на една жена, въз основа на подадения чрез вашия офис доклад за изчезнало лице става дума за Мари Левеск - каза Милър.

От другата страна на телефона настъпи мълчание, преди офис Лаплант да попита: „Причина за смъртта?“.

„Гърлото ѝ е било прерязано, но все още не е установено дали това е причината за смъртта“.

„Ще му съобщя. Той работи с полицията на провинция Онтарио“.

„Той е местен офицер? Мога да се свържа с него, ако предпочитате. Кажете му всичко, което иска да знае, и къде да дойде, за да идентифицира тялото. Мога да бъда там с него, ако той иска да бъда. Ако той няма семейство тук.“

„Тя беше всичко, което имаше" - гласът на Лаплант се разколеба. „Работил е под прикритие."

Милър се поколеба. „Възможно ли е това убийство да има нещо общо с неговите разследвания? Дали прикритието му е било разкрито?"

„Е, не знам. Ще го пусна нагоре по стълба тук. Ще открия каквото мога, а вие направете същото от своя страна. Имате връзки в ОПП?"

„Разбира се, че има, но ще бъда дискретен."

„Благодаря, Алекс."

„Разбира се."

Милър окачи слушалката, но държеше телефона притиснат до ухото си. Той потърка брадичката си на мястото, където преди беше брадата му. Тази брада му липсваше, но жена му със сигурност не.

Поне не беше майката на малката Кейти, но все пак си беше убийство. С намесата на ОПП нещата в града можеха да станат малко по-сложни. Той набра номера на Ейб и изчака, докато той иззвъня няколко пъти.

* * *

„Здравей, Ейб, това е сержант Милър, Алекс е тук.“

„Здравейте.“

„Обаждам се, за да видя как е Кейти?“

„Да, Кейти се настанява добре“, потвърди Ейб. „Има ли новини за майка й?“

„Имаме няколко следи, но нищо сигурно.“

„Мога ли да помогна?“

„Бихме искали да получим повече информация за нея, например фамилията й.“

„Тя е Уокър, разбрах го от разговора с един от съседите й.“

Той седна. „Кога?“

„В събота. Докато Ел я заведе да пазарува стоки от първа необходимост, а аз отидох с нея, за да я огледам“.

„Предполагам, че госпожа Уокър не си е била вкъщи?“

„Няма следа от нея или от някой друг. Разговарях със съседите.“

„Престорихте ли се на един от нас, тоест на полицай?“

„Аз? Не мисля, че бих могъл да се справя, твърде нисък съм“, каза Ейб. И двамата се засмяха. „Не се притеснявай, бях дискретен.“

„Искаш ли да споделиш нещо актуално?“

„Е, ами, много мъже. Един от съседите каза, че къщата сякаш е с въртяща се врата. Каза, че за майката се говори по улицата - и то не в положителен смисъл.“

„Интересно. Усетихте ли враждебност или нещо близко до мотив?“

„Не, изобщо не. Тя е любопитна и отегчена - но не е вероятно да е убийца. Жената, с която прекарах най-много време, беше харесала Кейти. Тя ги е видяла да излизат от къщата. Чудеше се защо носи куклата си в училище. Никога не ги е виждала да се връщат у дома. Преценката ми беше, че тази жена знае всичко, което се случва, на улицата е с всички“.

„Добре, Ейб, благодаря, че ме уведоми. Сега обаче стойте далеч от района, оставете разследването на нас“.

„Ех, ако вие и полицаите отивате до къщата, бих искал да дойда с вас, ако мога“.

Милър си пое дълбоко звучен дъх. „Не е стандартна процедура да водим цивилен със себе си, а и ще отнеме известно време да получим заповед. Вероятно ще се наложи да разбием вратата“.

„Все пак бих искал да съм там. Обещавам да не преча - а и съседите са ме виждали, познават ме".

„Тъй като става въпрос за теб, предполагам, че мога да направя изключение, ако обещаеш да останеш в автомобила, докато не ти кажа друго. Ще ти звънна, след като подам молба за заповедта и за екип, който да дойде с теб. Ако си готов, можеш да се присъединиш към нас. Ако не, ще се отправим към резиденцията на Уокър без теб. Ясно?"

„Сто процента - каза Ейб и се усмихна по телефона. Той закачи слушалката, след което се обърна към съпругата си, която беше заета да разресва косата на Кейти: „Може би ще трябва да изляза веднага щом телефонът звънне."

„Това има ли нещо общо с Кейти?" Бенджамин попита. Беше гледал телевизия.

Ейб се приближи до него и прошепна: „Това беше сержант Милър на линията. Не разполагат с някакви категорични новини."

„Мога ли да дойда?" Бенджамин попита.

„Не е необходимо, но ти благодаря", каза Ейб. Той снижи гласа си до шепот: „Сержант Милър не искаше да ме закача, но аз настоях. Между нас казано, ще разследваме къщата ѝ".

„Добре, кажи ми какво ще откриеш, Междувременно ще управлявам нещата тук. Може би ще изведа Кейти на чист въздух." Бенджамин се изправи и каза: „Някой е готов да се разходим?"

„Аз!" Кейти изпищя.

„И аз!“ Ел каза.

Те си тръгнаха и Ейб седна до телефона в очакване на обаждането на сержант Милър.

ГЛАВА 22

ПРОВЕРКА НА НЕЩАТА

Милър информира началника на полицията за ситуацията с Кейти. Докато чакаше заповедта за обиск, той организира двама служители, които да го придружат. Той се обади на Ейб: „Ще бъдем при вас след десет минути, готов ли си да тръгнеш?".

„Десет и четири", отговори Ейб.

Офицерите се ухилиха зад гърба на Милър.

„Той е добър човек" - каза Милър, докато натискаше педала на газта до пода.

Ейб беше изключително развълнуван, че ще участва в акцията. Той се усмихна, когато крайцерът спря до къщата. Милър излезе и му подаде бронежилетка, която той облече под ризата си.

Докато го правеше, Милър го запозна с офицерите Белаго и Рипън. Той им стисна ръцете. Искаше да им даде да разберат, че Ейб Джулиъс не е чичко.

Ейб се пресегна да се качи на задната седалка, но двамата полицаи му отстъпиха, за да може да се качи отпред. „И не, не можеш да си играеш със сирената - каза Милър. Офицерите се ухилиха.

Милър имаше малко оловен крак и единият офицер отзад каза това. Той се засмя. „Аз все още съм ти шеф, дори и с цивилен на предната седалка. В къщата ще влезем тримата. Абе, както се договорихме, ти ще останеш в колата“.

„Да, разбирам, но ми кажете, ако имате нужда от помощта ми“.

„Е, да.“ След това погледна в огледалото за обратно виждане: „Щом сме в момчетата, ще направим бърз оглед. Както обикновено, сложете си ръкавици и не забравяйте да не пипате и да не местите нищо.

„Както обсъждахме, една снимка на майката и дъщерята ще ви е от полза. Потърсете и такава с бащата“.

Ейб се премести на мястото си. С удоволствие би се възползвал от възможността да изпие още една чаша чай и да поговори с любопитната съседка.

„Ще оставя радиото включено, когато влезем, за да можеш да послушаш някоя мелодия“.

Спряха на едно задръстено кръстовище. Катастрофа с няколко автомобила блокираше движението. Милър включи червената светлина със сирената и се раздели с пътя, след като попита дали всички са добре.

„Ще ми позволиш ли да ти го взема назаем някой път?" Ейб попита, като свали прозореца.

Всички се засмяха, докато Милър казваше: „В никакъв случай".

„Ние сме тук" - каза офицер Белаго.

Милър увеличи звука на радиото. „Всичко е готово, Ейб. Остани тук и седи спокойно."

„Ще пазя автомобила", каза Ейб.

Сержант Милър си сложи ръкавиците. „Хайде, момчета."

***

Сержант Милър почука пръв, след това позвъни на вратата, а офицерите Рипън и Белаго го наблюдаваха. Когато никой не отвори, Рипън заобиколи дясната страна на къщата, а Белаго покри другата страна. Те се върнаха след няколко минути.

„Всичко е чисто“, каза Белаго.

„Всичко е ясно, шефе.“

„Добре, да видим дали ще успеем да влезем, без да разбиваме вратата“ - каза Милър.

Белаго извади инструменти от багажника на колата. Те изкъртиха ключалката за нула време.

Милър пъхна глава вътре и извика: „Ало? Има ли някой вкъщи?“

Без да чуят нищо, те влязоха вътре с готови оръжия. Единственият звук беше бръмченето на хладилника. Милър отвори вратата и видя, че е зареден с храна, подправки и няколко бутилки некортирано вино.

„Не прилича на човек, който е планирал пътуване“ - предположи той.

Белаго и Рипън проучиха приземния етаж.

„Всичко е чисто и обезопасено" - докладва Белаго.

На камината в дневната бяха изложени семейни снимки. „Вземи тази - каза Милър, като посочи снимка на малко момиченце и мъж. Ейб не беше споменал за баща. Всъщност съседката беше казала на Ейб, че в къщата има въртяща се врата от мъже. Кой тогава беше мъжът на снимката с Кейти? След като разгледа всички изложени снимки, той се изненада, че няма снимки на майка и дъщеря.

Полицаите последваха Милър нагоре по скърцащото стълбище с килим.

„Здравейте, полиция!" Милър извика, с оръжие, насочено напред и готово за всичко. За всичко, но не и за това, което нападаше в носа му. Незабравимата миризма на смърт.

Полицаите неволно се задавиха, докато продължаваха да си проправят път към върха на стълбите. Сега на площадката миризмата беше непоносима.

В контраст с миризмата първата стая вдясно беше детска стая, цялата в розово, с волани по леглото и цветни тапети.

Докато продължаваха, миризмата ставаше все по-силна и очите им се напълниха с вода: - Това не изглежда добре, шефе - каза Белаго, после затаи дъх.

„Не мирише и добре - отвърна Милър, докато се придвижваше към стаята в края на коридора.

Оказа се, че това е главната спалня, чиято врата стоеше широко отворена, а вътре, в леглото, лежеше мъртвец.

И това не беше просто някакъв мъртвец. Беше мъжът, когото току-що бяха видели долу на снимката върху камината с малкото момиченце.

Беше под завивките, но торсът и долната част на тялото изглеждаха странно, или по-точно бяха подредени странно. Изправени, но не и прави. Той отхвърли завивките.

„Господи - каза офицер Белаго, наблюдавайки как мъжът седи до себе си.

„Защо сега някой би седнал на някого по този начин, след като го е разрязал наполовина?" Милър попита.

„Тук няма никаква кръв - отбеляза Рипън, - нито пък кървава следа".

От двете половини на торса излизаха месести пипала.

„Настъпило е ригор мортис, което обяснява положението - донякъде", каза Милър. „Ще го повикам, а вие двамата проверете наоколо за оръжието." После отново заговори по телефона.

„Да, това е сержант Милър. Нуждаем се от пълен екип криминалисти тук. И подкрепление за обезопасяване на имота. Също така, коронер, линейка, един чувал за тялото. А и им кажете да не използват сирените - не искаме целият квартал да излезе да види шоуто. Да, десет и четири."

„Шефе, намерихме нещо - обади се Белаго от дъното на коридора.

В банята цареше кървава бъркотия. Във ваната: верижен трион. Върху него беше изсипана белина, за да се прикрие миризмата на кръвта.

„Определено е нарязан тук - каза Рипон, като закри носа си с обратната страна на ръката си.

„Белина, кръв и освежител за въздух - смъртоносна комбинация - каза Милър, борейки се с повдигането.

Отново се обади: „Кажете на екипа от съдебни медици да дойдат в пълна екипировка." После към полицаите: „Да видим какви доказателства можем да съберем, преди да пристигнат останалите".

„Ами приятелят ви в колата?"

„Той ще остане на място, докато не му кажа друго."

„Не е от любопитните?" Белаго попита.

„Той е любопитен, но знае кога да прекрачи границата."

ГЛАВА 23

ТЯЛОТО

Връщат се в стаята с тялото, когато телефонът на Милър иззвънява. Беше шефът на полицията, който поиска повече подробности за убития мъж. „Той е мъртъв от няколко дни, в средата на трийсетте години, мъж, европеиден".

„Имате ли представа как е умрял?"

„Да. В банята намерихме моторен трион. Той е бил разчленен там, след което е преместен на две части в леглото. Положили са много усилия първо да източат тялото и да сложат сегментите под завивките на леглото. Сякаш е седял до себе си."

„Звучи като човек със странно чувство за хумор."

„Тук живеят майка и дете. Този човек беше на снимка на камината с малката Кейти. Не виждам как една жена би могла да направи това нещо, при това без чужда помощ".

„Звучи като работа за двама души поне. Разкажете ми, когато се върнете в участъка".

„Ще го направя - каза Милър, след което прекъсна връзката.

„Сержант - прошепна Рипън, - този човек ми изглежда някак познат“.

„Той беше на снимката долу.“

Милър се засмя. „Съгласен съм, наистина прилича на някого. Може би е от някое видно семейство?“

„Здравейте!“ - обади се женски глас от долния етаж.

„Господи, кой е този?“ Милър попита, като излезе на горния край на стълбите.

Жената във фоайето отговаряше на описанието на „любопитната съседка“, с която Ейб каза, че е говорил. Той се наведе над парапета.

„Моля, незабавно напуснете помещението.“

Тя не помръдна, сякаш краката ѝ бяха циментирани на място. Започна да бълнува: „Толкова се притеснявах за това момиченце, горкото“.

Той започна да слиза по стълбите: „Трябва да тръгвате“.

Тя скочи.

„Благодаря ти за твоята, хм, загриженост, но трябва да си тръгнеш, сега“. Той я изведе от къщата и я изведе на моравата пред къщата. Той погледна Ейб, чудейки се защо не я е спрял да влезе, после си спомни, че беше дал на стария си приятел конкретни инструкции да остане при автомобила, независимо от всичко.

Милър се върна в къщата и заключи входната врата след себе си. Беше слязъл долу, когато пристигнаха криминалистите и останалите, и ги пусна вътре, вместо да рискува някой от останалите съседи да се осмели да влезе.

Джуди Смит подсмърчаше в носната си кърпичка на моравата пред къщата, след което забеляза Ейб в крайцера. Тя му помаха и той й отвърна с махане.

След това се премести през улицата в предния двор на собствената си къща и застана там, зяпнала.

***

Не след дълго няколко автомобила запълниха алеята и се наредиха по улиците.

„Тук няма какво да видим“ - каза един от тях на Джуди Смит.

Ейб наблюдаваше всичко, което се случваше около него, умирайки от нетърпение да разбере какво става. Какво бяха намерили вътре? Майката на Кейти ли беше мъртва? Бяха вкарали носилка за някого. Може би е била ранена? А Джуди Смит беше влязла направо в къщата, смела като месинг. Само ако можеше да излезе и да зададе въпроси.

Продължи да наблюдава как ограждат имота с жълтата лента, която беше виждал само по телевизията. А екипът от хора, които влязоха с маски и ръкавици - те бяха криминалисти. Беше ги виждал и по телевизията.

Чувстваше се като гъзар, но се зарадва, когато Милър отново се върна в колата.

Потеглиха - през цялото пътуване Милър не пророни нито дума. Дори не каза довиждане, когато Ейб слезе от колата.

***

На връщане към къщата на Уокър Милър преглеreturn всичко, което знаеше. Беше благодарен, че Ейб не го бе засипал с въпроси.

Когато паркира в края на улицата от къщата, той слезе от колата. Забеляза разместване на пердетата, зачуди се дали там не живее любопитната съседка. Почука на входната врата и размаха значката си.

„Сержант Милър - каза той. „Съжалявам за по-рано, но цивилни не се допускат на, хм, мястото на престъплението".

„Разбирам - каза тя. След това се наведе по-близо: „Никога не пропускам епизод на „CSI" и съм прочела всеки един роман на Агата Кристи".

Той се усмихна. „Имаш ли нещо против да ти задам няколко въпроса?"

„Не, ще се радвам да помогна. През цялото време съм вкъщи и имам проблеми с придвижването. Влезте и седнете." Той я последва в дневната. Столът ѝ беше насочен наполовина към телевизора и наполовина към улицата. В стаята се носеше слаба миризма на цигари и VapoRub. Едрата жена по-скоро падна, отколкото седна на стола си.

Милър я остави да се настани, след което попита: „Кога за последен път видяхте някой да идва или да си тръгва от къщата от другата страна на улицата?“

Тя сгъна ръце и ги сложи в скута си. „В петък сутринта малкото момиченце и майка му си тръгнаха, по-късно от обичайното.“

„Кати се казва, нали? А майка ѝ е Дженифър?“

„Да, точно така. И те влачеха със себе си онази кукла“.

„Нещо друго за госпожа Уокър? Чухме, че се е върнала в къщата, след като е излязла, но без детето“.

„Не съм видял.“ Тя спря. „О, като се замисля, взех си бърз душ.“ Тя се поколеба, след това се наведе по-близо и прошепна: „Не съм от хората, които разказват приказки, но едно нещо, което забелязах в госпожа Уокър, беше, че онази сутрин тя носеше перука. Помислих си къде, по дяволите, отива тази жена с малкото си момиченце, облечено в тези блестящи сандали, носещо кукла в учебен ден? Помислих си, че може би го е взела, за да го покаже и разкаже, но това е само за по-малките деца“. Тя се поколеба.

Погледна през прозореца, докато една кола минаваше покрай нея, след което продължи. „А тя, облечена така и с перука? Нищо от това нямаше и грам смисъл. А аз си мислех за това бедно момиченце.

„Живяла съм на тази улица през целия си зрял живот, виждала съм много странни неща. Ще ми трябва много време, за да ти разкажа всичко това.“ Тя си пое дълбоко дъх. „Но ти не се интересуваш от всичко това, интересуваш се от Уокмерите. Нека само кажа, че в онази сутрин за първи път и вероятно за последен път видях такова необичайно трио да се разхожда по нашата улица.“

„Перука, а?“ Това беше нова информация. Той извади химикалката и хартията си.

„"Да, беше странно. Освен перуката, Кейти носеше и неподходящи за училище сандали. Защо, когато моите момчета ходеха на училище, такива сандали нямаше да бъдат разрешени. Имаше правила, които трябваше да се спазват. Всичко се променя, винаги към по-лошо.“ Тя изпъшка. „Освен това това дете се мъчеше да върви на крак, а те току-що бяха излезли от къщи и тя имаше тази кукла на ръце".

„Ами предния ден, видяхте ли или чухте ли нещо?“ Той познаваше нейния тип. Ейб беше прав. Джуди Смит нямаше нищо по-добро за правене от това да си пъха носа в чуждите работи. Това не беше точно качество, което търсеше в приятел или съсед, но в този случай тя можеше да се окаже единствената му следа.

Тя се замисли за това. „Предния ден - нищо. Никой не дойде и не си тръгна.“ Тя се поколеба. „Денят преди този обаче си спомням нещо. Искате ли чаша чай?“ Обърна се малко, за да види как една котка минава покрай нея.

„Не, благодаря“ - каза той. „Моля, продължете.“

„В четвъртък бях навън и събирах червеи за сина ми.“

Той вдигна поглед от бележника си.

„Синът ми лови риба в почивния си ден. Лекарят казва, че е добре, че събирам червеи.“

Той кимна. „Само фактите, моля.“ Толкова му се искаше тя да премине към същността.

„Чух викове и повишени гласове.“

Той седна, вече отново заинтересован. „Женски? На дете?“

„Да, на жена. И мъж.“

Той й кимна да продължи.

„Свърших с извличането на червеите и всичко утихна. Върнах се вътре.“

„Имаш ли представа кой беше мъжът или кога е дошъл?“

Тя се намръщи. „Мъжете идваха и си отиваха в тази къща. Ще ми трябва обширен списък, за да ги проследя.“ Тя взе един роман с меки корици и се полюшна. „О, спомням си още нещо. Току-що ми хрумна. В петък около обяд, когато се върна - госпожа Уокър, я чакаше кола. Тя я пусна в гаража“.

„Тогава какво се случи?“

„Заспах. Понякога спя тук, на стола си. Но го чух, отчетливо - дрънчащ звук. Като косачка за трева или..."

„Пила?"

„Може да е било трион."

„О," каза той. „Видяхте ли автомобила да тръгва?"

„Не." Входната врата се отвори със скърцане, след което се затвори с трясък. „Чарли?" - извика тя. Чарли беше синът ѝ, шофьор на такси, и след представянето тя го въведе в разговора.

„Прибрах се у дома за обяд в петък следобед", каза той. „Мама беше задрямала на стола си, но звукът я събуди. Чух го, когато вървях от колата си. Определено ми прозвуча като електрически трион".

„И двамата сте сигурни за времето?"

Те кимнаха.

На горния етаж Милър чу как един стол заскърца по пода. „Има ли още някой в къщата?"

За пръв път жената изглеждаше нервна и скръсти ръце, докато говореше. „Да, това е другият ми син. Ще се кача след минута!" - извика тя, без да се опитва да се изправи.

В къщата се разнесе звук, подобен на този от ранено животно. След два опита тя се изправи на крака. „Казват, че не е наред с главата, но все пак е мой син".

„Всичко е наред, мамо", каза Чарли и я потупа по ръката, докато минаваше покрай нея.

„Бих искала да се запозная с него", каза Милър.

„Разбира се - ела нагоре", каза Джуди, докато се качваше по първото стълбище, като се държеше за парапетите от двете страни. Милър вървеше отзад. Когато стигна до върха на стълбището, тя почука леко, преди да влезе. „Имаме гост, който иска да те види, любовчице, той е полицай".

Милър побутна пътя си и протегна ръка на мъжа - който не отвърна на услугата. Вместо това седеше с пръстите на дясната си ръка върху клавиатурата на малък лаптоп. Мъжът погледна през прозореца, докато една кола минаваше покрай него, и щракна върху клавиатурата.

Той прекоси стаята, за да погледне по-отблизо. Мъжът набираше регистрационния номер на круизъра отвън. Не само на този автомобил, но и на всеки автомобил, който можеше да види. „Интересувате се от превозни средства или от регистрационни номера? - попита той.

„Не, не, не, не!" - извика той, като се удряше с двата си юмрука отстрани на главата.

„Джералд, сега престани с това!" - каза майка му, като хвана и двата му юмрука, а след като той се успокои, го целуна по челото, докато ги пускаше. „Милият човек само проявяваше интерес към работата ти".

Джералд почука по клавиатурата си.

„Вече си тръгваме, не бъди груб и не смущавай повече майка си. Продължавай с отличната си работа." Тя затвори вратата след тях. На стълбите тя каза: „Той има проблеми".

„Нали всички имаме проблеми“, отвърна Милър. Сега, когато се върна в дневната, Чарли вече не беше там.

Той я изчака да седне, преди сам да седне. „Нарекохте това, което правеше, работа, какво имахте предвид?“

„Чувал ли си някога за термина хексакосиоихексеконтахексафобия или трискайдекафобия?“ - попита тя.

„Опасявам се, че не. Но фобията се откроява. Той има фобии, за какво става дума?“ „За какво става дума?

„Страхува се от числа като шестдесет и шест и тринайсет. Няма никаква рима или причина защо. Когато се срещна с психиатър, тя му предложи да си води запис на буквите или числата. Той записва номерата на автомобилните номера, те са му най-лесни за възприемане, тъй като през повечето време е в стаята си“.

„Може би ще ни е от полза да видим какво е записал. Откога го прави?“

„Години и да, това може да се организира, ако ще помогне.“

„Не съм сигурен дали знаете, но Дженифър Уокър е изчезнала. Всяка информация за идванията и заминаванията би била полезна“.

Той ѝ подаде визитката си. „Там е моят имейл адрес. Ако можеш да ми изпратиш файла, не е нужно да е оправен или красив. Ще позволя на моите хора да го прегледат и да видят дали има нещо, което можем да използваме".

Тя го поведе към вратата и му махна за довиждане. Докато си тръгваше, Милър видя как завесите на горния етаж се открехват за малко и после отново се затварят.

Този млад мъж горе имаше съкровищница от информация. Вероятно запис на всеки един регистрационен номер на всяко превозно средство, което някога е пристигало на улицата.

Чудеше се дали съседите знаят, че автомобилите на тях и на гостите им са били маркирани. Той се усмихна. Ако знаеха, това със сигурност нямаше да им хареса - а и вероятно противоречеше на всички съществуващи закони за защита на личните данни. Все пак трябваше да разкрие едно убийство и да намери една изчезнала жена - и щеше да използва всички средства, до които можеше да се добере, за да открие основната причина за това.

Докато пътуваше обратно към участъка, той си мислеше колко лесно е било за Ейб да открие любопитния съсед. Имаше добри инстинкти и бързо го долови, а и за пръв път посещаваше квартала. Беше справедлива оценка, че всички съседи знаеха за навика на Джуди Смит да си пъха носа в живота им. Затова ли този, който беше разрязал тялото, го беше оставил там под завивките, вместо да го изхвърли?

Той се върна в участъка. Колкото и да се опитваше, не можеше да изкара от ноздрите си зловонната миризма на смърт. Провери електронната си поща, все още нямаше нищо от жената Смит.

Без съобщения или нова информация, която да проследи, той отиде до моргата. Ако не друго, можеше да ги осведоми за най-новата информация - Дженифър Уокър е носела перука. Сега щеше да се наложи да разшири обхвата.

Нямаше какво друго да направи, докато не направят положителна идентификация на мъртвеца. Искаше му се да си спомни къде го беше видял. Споменът беше просто недостижим.

Едно нещо знаеше със сигурност, че мъжът не е замислял нищо добро.

ГЛАВА 24

ABE И EL

Когато се върна у дома, Ейб отиде направо в кабинета си. Имаше нужда от време насаме, за да преработи всичко, което беше видял.

„Чук, чук" - каза Ел, когато влезе. „Изглеждаш притеснен, любовчице - нежно масажира тя рамото на съпруга си.

„Просто си мисля" - каза той, докато се изправяше на стола. Ел продължи да масажира раменете му, след което ръцете ѝ се преместиха на врата му.

Когато пръстите ѝ започнаха да я болят, тя попита: „Искаш ли чаша горещ чай?".

Ейб се изправи. „Бих искал, но ще си го донеса сам." Той излезе от кабинета.

Ел се запъти след него: „Защо да не ти направя един? Аз също бих могъл да се възползвам от чаша чай."

„Не, остави ме", каза Ейб, когато наближиха кухнята. Ел го последва по петите.

„Ще спреш ли да се суетиш!“ Ейб каза доста по-силно, отколкото очакваше.

„Всичко ли е наред?“ Бенджамин попита.

Ел каза: „Всичко е наред. Решаваме кой прави по-добра чаша чай. Засега Абе смята, че печели. А сега се върнете да си гледате играта“.

Бенджамин и Кейти се отегчиха от телевизията, изключиха я и се заеха да играят игра на пулове.

„Не ме оставяйте да спечеля този път!“ Кати каза.

„Никога!“ Бенджамин каза над тракането и блъскането на чаши и чинии в кухнята.

Няколко мига по-късно Ел нахлу с глава във всекидневната. „Кой печели?“ - попита тя.

„Шшш“, каза Кейти. „Той се концентрира.“

Бенджамин се усмихна.

„Навън е прекрасен слънчев ден и мисля, че вие двамата трябва да излезете и да подишате малко свеж въздух. Или може би да ритате топка!“

„Това е умна идея. Хайде!“ Бенджамин каза.

„Той казва това само защото аз печеля!“ Кати изръмжа, докато го следваше през вратата и отиде в задната градина.

От шкафа за алкохол в ъгъла на същата стая Ел наля в една чаша шот от любимия петдесетгодишен скоч на Ейб. Добави струйка сода. Понесе я към него.

„Помислих си, че нещо по-силно може да успокои нервите ти.“

Той се усмихна и ѝ благодари, докосвайки ръката ѝ. „Съжалявам, Ел.“

Тя го целуна по челото, после отиде до прозореца на кухнята, който гледаше към градината. Ел се засмя и скоро Абе се присъедини към нея. Заедно наблюдаваха двете деца, които тичаха и играеха в градината.

Ейб отпи няколко глътки и се отпусна, като се надяваше, че в торбата с трупове, която беше видял в къщата, не е бил трупът на майката на Кейти - Дженифър Уокър.

ГЛАВА 25

SGT. MILLER

Милър пристигна в моргата и проведе кратък разговор с ръководителя на съдебната патология Джей Ти Патерсън, който след това трябваше да го остави, за да се заеме с разпознаването.

Минути по-късно пристигнаха техниците за аутопсия с торбата с тялото от дома на Уокър. Към него бяха прикрепени идентификационен лист и контейнер с надпис „Лични вещи". Фотограф направи снимки, докато се премахваше пломбата. След това тялото беше поставено на масата за прегледи. Милър се пазеше от тях, докато тялото беше разопаковано от диерите.

Патерсън влезе отново в стаята и го дръпна настрани. „Служител на ОПП е горе в стаята за оглед. Той току-що е идентифицирал тялото на съпругата си".

„Левеск?" Милър попита.

„Да, познавате ли го?"

„Не, но аз съм този, който съобщи за тялото, и въз основа на информацията, която видях в базата данни, помислих, че е тя".

„Бихте ли имали нещо против да поговорите с него? Оттам горе ще можете да виждате всичко, което се случва тук долу. Ще мине известно време, преди да започнем аутопсията".

„Разбира се."

„Щом започнем, не се притеснявайте да задавате въпроси. Ще можем да ви чуем и да ви отговорим, макар че отговорите ни може да не са незабавни. Нашият приоритет е тялото на човека."

„И с право - каза Милър. След това излезе от стаята, като по пътя спря за кратко, за да си вземе чаша горещ чай от автомата. Подаде я на Левеск, представи се, след което каза: „Съжалявам за жена ви".

„Мерси. Тя беше всичко за мен, mon monde entier. Децата ни също не успяха да го направят. Това разби сърцето ѝ. Затова се преместихме тук, за да сменим обстановката и да започнем отначало". Той се пребори с ридаенето, после отпи глътка от горещия чай. „Добре", каза той.

„Много съжалявам."

„Благодаря ти."

Милър и Левеск седяха един до друг, докато персоналът долу се подготвяше да започне аутопсията.

„Можем ли да отидем някъде другаде?" Милър каза.

„Не, това не е моята съпруга. Аз съм добре.“

Патерсън се върна в залата за аутопсии долу, облечен в костюм за чистене, хирургически знак, ръкавици и високи черни ботуши. Милър и Левеск наблюдаваха как взема проби и ги поставя в контейнери, които след това бяха поставени в шкафове за биологична безопасност.

Когато се оказа, че приключват, Милър попита: „Е, какво знаете досега?“.

„Благодаря, че изчакахте“, каза Патерсън. „Въз основа на сините около носа и устата, както и на кръвясалите очи, смъртта от задушаване е много вероятна. Все пак трябва да изчакаме кръвните проби да се върнат от лабораторията, за да потвърдим това.“

„Значи е бил мъртъв, преди да бъде разрязан на две?“

„Бих казал така“, потвърди Патерсън.

„Познавам този човек“ - каза Левеск, като почти разля чашата си с чай, която сега постави на перваза.

Милър се приближи. „Кой е той? Аз също го разпознах, както и моите офицери, но никой от нас не можеше да си спомни къде сме го виждали“.

„Името му е Марк Уилър. Разследвахме него и неговите съдружници в търговията с наркотици. Той е син на Ф. Д. Уилър, милиардер и медиен магнат“.

Сега Милър си спомни; беше срещал и бащата, и сина на събития за набиране на средства. „Името на Дженифър Уокър говори ли ви нещо?"

„Да, тя беше последното му завоевание - негова странична работа. Какво се случи с нея?"

„Намерихме го в този вид в къщата ѝ, а тя е изчезнала".

„Тя ли е заподозряна?"

„Определено. И разбери това, тялото му беше разрязано наполовина с трион. Разположено в леглото, сякаш е седял до себе си".

„Звучи като изявление."

„Изявление, направено от кого? И за кого?"

„Това не го знам" - каза Левеск.

Милър допълни: „Всъщност, това, което се случи, е, че се случи. „Дженифър Уокър имаше малко момиченце; знаехте ли това?".

„Не, не знаех. Тя също ли липсва?"

„Не, тя е в безопасност, но няма следа от майка ѝ. А и къщата беше пълна бъркотия. Тя не може да се върне там."

Левеск се изправи. „Съжалявам, че чувам това, но те ме чакат в погребалното бюро. Ако се сетя за нещо, което ще помогне, ще ви съобщя. Благодаря ви за милите думи и за чашата чай". Той хвърли празната чаша в кошчето за боклук и излезе от стаята.

Патерсън, като видя, че Левеск си тръгва, каза: „Ще ви се обадя, когато знаем нещо със сигурност. Няма смисъл да се задържаме наоколо. Ще минат дни, преди лабораторията да получи резултатите за някои неща, за други - може би часове, ако имаме късмет“.

„Благодаря.“

Милър се върна в станцията и кликна върху името на Марк Уилър в базата данни. Имаше много информация за него, както добра, така и лоша. Предимно лоши, тъй като беше навлязъл в играта с наркотици. Прекара следобеда в попълване на доклади и изпрати няколко служители да уведомят близките.

Милър се занимаваше с работата си в участъка и проверяваше къде има нужда от него, когато няколко часа по-късно Патерсън се обади. „Току-що пристигнаха резултатите: причината за смъртта е задушаване. Бях прав - бил е мъртъв, когато са го разрязали наполовина.“

ГЛАВА 26

СЛАДЪК ДОМ

Б еше близо полунощ. В къщата беше тихо, с изключение на един звук, който се чуваше от босите крака на Ейб, който се разхождаше напред-назад по дървения под. Беше почти облечен, без чорапите и обувките си. Той въздъхна, сложи ръце зад гърба си и тръгна. След това се обърна и тръгна в обратната посока.

Ел беше в нощницата си и нанасяше студен крем върху бузите и челото си. Тя подпря възглавницата си, взе от нощното шкафче книгата с поезия на Мери Оливър и започна да чете. Въпреки че Мери беше любимата й поетеса, Ел просто не можеше да се съсредоточи върху думите или ритъма на редовете.

Тя затвори книгата, повдигна завивките и наблюдаваше как съпругът й се разхожда нагоре-надолу. Накрая попита: „Какво става, любов моя?"

Ейб спря за секунда, след което отново се върна към амбулантното си движение.

„Кажи ми. Знаеш какво се казва за споделения проблем."

„Не мога."

Ел обърна леглото надолу и влезе в чехлите си. Тя поведе Ейб за ръка и го постави в края на неговата страна на леглото. Тя коленичи, като притисна главата му между ръцете си, след което продължи да масажира слепоочията му. Отначало Ейб се съпротивляваше, най-вече защото беше прекалено уморен, но скоро дишането му се успокои. Тя разкопча копчетата му и свали ризата му, след което я замени с нощницата му. Опита се да разкопчае панталоните му.

„Мога да се справя сам с останалото - каза Ейб, докато разкопчаваше панталоните си и сваляше бельото си.

Ел вдигна мръсните дрехи и ги сложи в коша за пране. Когато се върна, Ейб стоеше като малко момче, което чака майка си да го сложи в леглото.

„Както желаеш - каза тя, поведе го за ръка, наду възглавницата му, настани го под завивките.

„Благодаря ти, любов", каза той и се прозя.

Ел се върна от своята страна на леглото и събу чехлите си. Вмъкна се под завивките, или се опита да го направи, но както винаги, съпругът ѝ беше събрал по-голямата част от топлината.

Тя тихо премести възглавницата си, опита се да се пресели, но не можа. Вместо това се заслуша в промяната на дишането му и тогава разбра, че е заспал непробудно.

Лунната светлина навлизаше през завесите и хвърляше вълшебна сянка върху нейната страна на леглото. Тя задряма, спомняйки си деня, в който за първи път срещна съпруга си.

Двамата с баща ѝ работеха в семейния бизнес. Продаваха платове от цял свят и всеки аксесоар, до който можеха да се доберат, свързан с шиенето. Баща ѝ се гордееше, че продава най-новите и модерни шевни машини. Майка ѝ, за която нямаше никакви спомени, беше вдъхновила магазина. Майка ѝ беше починала при раждането на сестра ѝ.

Когато започнали бизнеса, тя и баща ѝ вършели по-голямата част от работата. Сестра ѝ помагаше, когато можеше. Най-продаваните и най-търсените платове бяха тези, внесени от Азия и Европа.

Един ден дошъл търговец на платове: Ейб. Баща ѝ се беше запознал с него на конференция за покупки в Ню Йорк. Той се изказал много ласкаво за младия мъж, като казал, че е роден да бъде „тъкач на платове“.

„Момчето има талант“, казва баща ѝ. „Дар от Бога е да усеща качеството и да разпознава тенденциите, преди да се превърнат в такива в текстилната индустрия.“

„Защо не го наемем, баща?“ Ел попита.

„Не мисля, че можем да си го позволим. Но съм го поканил на вечеря. Можеш да приготвиш специалното си пържено пиле, бисквити и картофено пюре. Можем да разберем дали пътят към сърцето на един мъж наистина минава през това да го нахраниш“.

Тя се засмя, но беше развълнувана да се запознае с този нов мъж. Този Ейб, с дарбата.

Същия следобед той пристигна в магазина. Тя почти веднага заподозря, че това е той. Беше висок малко над метър и осемдесет, облечен в сив костюм, който се движеше по него като втори слой кожа. Русата му коса беше сресана назад, прибрана, с не много масло. Тя беше привлечена от него като пчела от босилек, докато го гледаше как прокарва пръсти през най-скъпата им селекция от вносни платове.

Баща й прекоси магазина, за да го посрещне. „Добре дошъл, Абрахам“, каза той, докато си стискаха ръцете. „Това е дъщеря ми, Ел.“

„Предпочитам да ме наричат Ейб“, каза младият мъж.

Ел се изчерви, никога досега не беше чувала някой да не се съгласява с баща й. Дори и днес, когато си мислеше за този момент, бузите й се затопляха.

После имаше и други моменти. По-силен момент, в който по ръцете й настръхнаха гъши тръпки. Това беше магическа връзка. Те бяха създадени един за друг. Като сватбен подарък баща й им подари магазина.

Две години по-късно баща й почина, а сестра й се премести, за да създаде семейство със съпруга си. Междувременно двамата с Ейб продължили да развиват бизнеса в много трудни времена.

Ел, която винаги е искала деца, не успява да забременее. След направените тестове било потвърдено, че тя не може да зачене. Тя се притесняваше да не разочарова Ейб, но той нямаше нищо против - или ако имаше, не ѝ даваше да разбере това. Бизнесът се превърна в тяхно бебе.

Тогава, след като бяха женени от деветнайсет години, в магазина влезе едно младо момче. Ейб наблюдаваше раздърпания на вид младеж, очаквайки да открадне нещо, готов да се обади в полицията.

Ел забеляза: „Виж, той е и пипач на платове."

Те се приближиха до момчето, което веднага се разплака.

„Искаш ли чаша какао?" Ел попита.

Той кимна и я последва в кухнята, а Ейб го последва. Тя му направи чаша горещо какао с две филийки препечен хляб с масло и седнаха заедно на масата.

Момчето протегна ръка за една филийка хляб, после погледна и скри мръсните си ръце.

„Тоалетната е в края на коридора - каза Ел. „Можеш да се освежиш там."

Докато той си тръгваше, Ейб каза: „Надявам се, че не си захапал повече, отколкото можеш да сдъвчеш, любовчице. Очевидно е, че е в бягство.

Мирише и - не трябва ли да се обадим в полицията и да ги оставим да разберат кой е?“

„Той е малък и безобиден. Първо виж дали иска да ни разкаже за тежкото си положение. Може би ще успеем да помогнем.“

„Както искате“, каза Ейб, когато момчето се върна с чисти ръце и блестящо чисто лице.

Той първо изяде препечения хляб, после духна от горещия шоколад и го изпи. „Благодаря ви.“

„О, няма за какво - каза Ел. „Има ли някой, на когото да се обадиш, за да дойде и да те прибере? Майка ти или баща ти?“

Той избухна в сълзи. „Те са мъртви.“

Ел отиде при него и го прегърна, докато той обясняваше за автомобилната катастрофа, за приемната грижа, за всичко лошо, което му се беше случило. И най-вече за това, че не може да се върне назад.

„Имам приятел в участъка“, каза Ейб. „Може би ще може да помогне.“

Ел държеше момчето на ръце, докато чакаха приятеля на Ейб. „Той е добър човек“, каза тя. „Той ще знае какво да направи.“ Момчето се вкопчи в нея.

Сержант Милър пристигна малко по-късно, а дотогава Ел вече беше предложила свободната стая на момчето, докато се уреди нещо по-постоянно. Така те станаха семейство.

Сега всички разчитаха един на друг, а в магазина вече не се продаваха платове. Все пак в живота й имаше двама тъкачи на платове и кой знае кога талантът им можеше отново да бъде необходим. Тя знаеше, че всичко е циклично.

Ел погледна надолу към спящия си съпруг. Тя целуна пръста си и го притисна към челото му, като внимаваше да не го събуди. Той се усмихна, точно когато Кейти нададе писък в коридора.

ГЛАВА 27

KATIE

Кейти" - прошепна един глас. „Кейти."

„Мамо, къде си?"

Момиченцето разтърка очи, като отначало не можеше да си спомни къде се намира. Тя отметна завивките и стъпи на студения под. След това се пресегна към другата страна на стаята и включи светлината. Сега тя се насочи към прозореца, където завесите се развяваха.

„Мамо, ти ли си?"

Отворът в пода под прозореца, топлината, която се излъчваше от него, я привличаше като магнит. Когато стъпи на вентилационния отвор, нощницата ѝ се разду около нея, изпълвайки се с топлина от горещината.

„Кейти", прошепна отново гласът. „Къде си, Кейти?"

„Идвам, мамо", каза тя, опитвайки се да погледне през прозореца, но той беше твърде висок, за да го достигне.

„Чакам те", каза майка ѝ. „Чакам те, тук."

Обезумяло от желание да я види, детето търсеше нещо, на което да се опре. Извадило от една маса ваза със слънчогледи и я завлякло под прозореца. Бутна леглото до нея. Застана първо на леглото, после на табуретката. Разтвори завесите. На улицата долу беше тъмно, с изключение на сиянието на уличните лампи.

„Мамо!“ - извика тя, опитвайки се да отвори прозореца. Когато не можа да достигне горната ключалка, сви юмруци и заудря по стъклото.

„Кейти“, прошепна майка ѝ. „Кейти.“

„Чакай, мамо, моля те, изчакай ме.“

Тя слезе от масата, от леглото, от пода и отиде до рафта с книги. Вдигна с две ръце една поставка за книги във формата на буквата А. Постави я на леглото, а тя се качи на него. След това го постави на масата, докато се качваше на нея. Вдигнала буквата А и я хвърлила към стъклото.

Стъклото се разбило навътре и навън, като застигнало нея и заобикалящата я зона с парчета.

„Мамо!“ - извика тя.

Тя все още спеше, трепереше и гледаше през разбития прозорец.

ГЛАВА 28

EL И KATIE

Ел, а скоро и Бенджамин се отправиха по коридора към стаята на малката Кейти. Когато я намериха, осветена от луната, на кълбо на пода до една преобърната маса. Русата ѝ коса и нощницата се движеха заедно, сякаш вятърът от прозореца беше едно цяло с дъха на малкото момиченце. Те забелязаха, че около нея се е събрала кръв. Като призрак, който се надига в нощта, тя се изправи и извика: „Мамо!".

„Внимавай, да не я събудиш - прошепна Ел.

Те наблюдаваха как пипалата от завесите се носят към нея. Изразът на лицето ѝ, празният поглед в нищото изплаши Бенджамин. За няколко секунди той забрави да диша.

Лунната сянка се понесе над нея. Тя подчертаваше нараняванията ѝ. Сякаш се намираше на остров, заобиколена от стъкло.

Бенджамин се провикна: „Спри, не мърдай" - прошепна Ел, но той не я послуша. Той се преметна през пода и придърпа Кейти в прегръдките си. Тялото ѝ се размърда. Той стоеше там и чакаше, неспособен да помръдне от страх, шепнейки името ѝ.

Ел се върна, носейки комплекта за първа помощ. Той я постави на леглото.

„Сложи топла вода в купа за мен." Той не помръдна. „Бенджамин, топла вода. И кърпа за лице и кърпи."

Той кимна и излезе от стаята, а Ел прецени ситуацията. Тя се обучаваше за медицинска сестра, много, много отдавна, преди да срещне Ейб. Надяваше се да си спомни какво да прави.

Звукът на капките кръв, които се разпиляха по чистите бели чаршафи, я извади от главата. Тя се зае да обработва раните, като използваше пинсета, за да отстрани малките парченца. Кейти продължаваше да спи.

„Сигурно е била лунатичка - прошепна Бенджамин.

„Дръж я спокойно, за да мога да проверя за стъклени парчета и да ги премахна".

„Трябва ли да се обадим на 911?"

„Не мисля", каза Ел, "мисля, че ще се справим." Тя продължи, докато всички рани бяха дезинфекцирани и увити.

Кейти хленчеше, но не се събуждаше.

ГЛАВА 29

СЧУПЕНО СТЪКЛО

Трябва да я обърнем настрани, сега", каза Ел.

" Бенджамин подпря Кейти настрани, а Ел прегледа краката ѝ. Само няколко стъклени парчета бяха пробили повърхността на стъпалата на Кейти. Повечето просто бяха залепнали за кожата близо до повърхността и лесно се изваждаха.

На няколко пъти дишането ѝ се учести, но тя не отвори очи. Ел сложи топла кърпа върху краката на Кейти и ги уви сега, когато кървенето беше спряло. След това повдигна двата крака върху възглавница.

„Ще остана тук през цялата нощ - каза Ел. „Не искам да рискувам да я оставя сама или да я събудя, когато стана от леглото".

Бенджамин отиде да огледа отблизо счупения прозорец. Отначало си помисли, че някой се е опитал да проникне вътре, но после видя подложката за книги на пода. Той я вдигна и я върна обратно на рафта с книги. „Ще се върна веднага“, каза той.

Отиде в мазето. Намери пластмасов лист, подходящ за маскировъчно тиксо върху прозореца, докато успеят да го поправят. След като го залепи, той отмахна колкото можеше повече от стъклото.

Изморен, той намери място в края на леглото и заспа.

От време на време вятърът свистеше през пролуките в тиксото, но никой от тримата спящи не се събуди от него.

ГЛАВА 30

УЕЙКЕЙ-УЕЙКЕЙ

Звукът на синя сойка, която пееше зад прозореца на спалнята, накара Ейб да отвори очи. Той се прозя и се протегна. Забелязал, че съпругата му не е там, той я извикал по име. Когато тя не отговори, той видя, че чехлите й липсват. „Ел!" - извика той, докато си проправяше път по коридора.

Стигайки до стаята на Кейти, той спря и погледна вътре. Ел беше там, както и Бенджамин.

„Ел?" - прошепна той; тя не се събуди.

Тогава той чу свистене, последвано от пляскане с клапи. Той се приближи на пръсти към прозореца, за да провери.

Завесите бяха изкривени, а стъклото временно беше поправено с пластмаса и тиксо. Без да може да си обясни нищо, той излезе от стаята, затвори вратата след себе си и отиде в кухнята.

Слънцето се издигаше в дълбокото синьо небе, докато той пълнеше чайника и наблюдаваше настъпването на новия ден. Сега в списъка му със задачи беше да се обади на застрахователите да дойдат и да оценят щетите, но първо трябваше да разбере какво се е случило.

Стомахът му къркореше, затова сложи две препечени филийки и натисна лоста надолу. По пътя към хладилника взе чаша и лъжица. Докато чайникът свършваше, той извади млякото и маслото от хладилника и сипа пакетче чай в чашата. Наля горещата вода, точно когато хлябът приключи да се препича.

„Добро утро - промълви Бенджамин.

„Добро утро, сине“, каза Ейб.

Бенджамин каза нещо нечуто.

„Седни сега, чайникът е горещ и ще ти налея чаша чай“.

Бенджамин се подчини, без да говори.

„Искаш ли парче препечен хляб?“

Тийнейджърът кимна.

Ейб извади препечените филийки и отчупи едно парче, после още едно. Сложи пакетче чай във втора чаша и наля вода, като я разбърка, така че да се запари супербързо.

Възрастният мъж знаеше, че тук времето е от съществено значение, иначе Бенджамин отново щеше да заспи - тогава щеше да е безполезен до края на деня. Когато беше готов, Ейб вдигна пакетчето чай от чашата, добави две захари, последвани от струйка мляко.

Ейб взе ръцете на момчето, които се опираха на масата, и ги постави една по една върху чашата с горещ чай. Той наблюдаваше как Бенджамин усети миризмата на запарената напитка и се оживи, преди да отпие глътка.

Виждайки, че момчето вече се е събудило, Ейб отиде да довърши приготвянето на тоста.

Ейб наблюдаваше как Бенджамин се променя, връщайки се в страната на живите малко по малко. Междувременно той изпи чая си и изяде остатъка от тоста си.

Минаха мигове, в които слънцето влизаше през прозореца и танцуваше върху профила на младия мъж. Когато му се стори, че може да води разговор, а може би това беше обнадеждаващо мислене, Ейб попита: „Ще ме запознаеш ли с това, което се случи в стаята на Кейти снощи!“.

„Не.“

„Е, никога.“

„Не и ако не ми разкажеш какво се е случило в къщата на Кейти вчера.“

„О, виждам, че си още по-будна, отколкото си мислех“, каза Ейб, смеейки се. „Но не мога.“

„А защо не?“ Бенджамин каза, докато отхапваше от препечената филийка. Хрупкавостта и соленото масло имаха толкова добър вкус.

„Защото моят стар приятел сержант Милър ме закле да пазя тайна. Ако можех да ти кажа, щях да го направя. А сега ми кажи какво стана с онзи прозорец. Трябва да се обадя на застрахователите, а не мога да го направя, докато не ми кажеш какво се е случило“.

Бенджамин продължи да яде тоста си.

„И така, искаш ли да играем на въпроси? Въпрос номер едно, някой опита ли се да проникне и да вземе детето?"

Бенджамин, който вече беше приключил с чая и препечения хляб, се облегна назад на стола, като сложи ръце зад главата си.

„Мисля, че тя сигурно е ходила насън. От това, което видях, именно подложката за книги е била използвана, за да се разбие прозорецът. За нищо на света обаче не мога да разбера защо. Нищо от това няма смисъл."

„Горкото дете. Защо не ме събуди?"

Бенджамин се облегна още повече назад, така че предните крака на кухненския стол се повдигнаха от земята. „Сержант Милър никога няма да разбере, че си ми казал нещо."

„Доверието си е доверие. Или го правиш, или се кълнеш в него. Или не го правиш. Зависи какъв човек си. Аз държа на думата си, както и моят приятел. Ние със сержант Милър си имаме доверие един на друг и също като теб и мен държим на думата си". Ейб напълни отново чашата си от чайника. „Ако трябва да съм честен, знам много малко. Той дори ме накара да остана в колата, далеч от опасността. Мога само да предполагам това, което знам от идванията и заминаванията, но не искам да предавам дезинформация."

„Сигурно си видял или чул нещо - каза Бенджамин, последван от хлъзгав звук. Той знаеше, че Ейб няма намерение да нарушава доверието на приятеля си, и смени темата.

„Всичко се случи толкова бързо, с Кейти. Тя изкрещя и ние се втурнахме. В краката ѝ имаше парчета стъкло. Ел ги извади. Не знаех, че има обучение за медицинска сестра и то със сигурност ми е било полезно. Овладяхме ситуацията и нямаше смисъл да ви будим.“

„Тя беше тежко ранена? Видях кръв по пода.“

„Ел потвърди, че нараняванията ѝ са леки. Кейти спеше през цялото време, докато Ел изваждаше стъклените парчета с пинсета и дори когато сложи дезинфектант върху раните.“

„Забелязахте ли - каза Ейб, - че детето не се смее много? От време на време се кикоти, но не се смее, както трябва да се смее едно дете.“

„Всеки е различен, може би тя просто е срамежлива“.

„Има и тъга. Имам предвид зад очите ѝ. Нещо познато и все пак, завладяващо.“

„Не мога да кажа, че съм забелязал нещо подобно, сигурен ли си, че не си го въобразяваш?“

„Видях този поглед веднъж, когато за първи път дойдохте при нас“, предложи Ейб.

„Аз?“

„Може би не страх, може би скръб или тъга, но беше постоянен, болка, разкаяние, пренебрежение. Всичко събрано в едно. Тя все още е там, в очите ти, но душата ти също извива поток от светлина, който я надвива, каквото и да е то. Намерили сте себе си, победили сте го, открили сте собствената си истина. Но малката Кейти има нужда да бъде излекувана, да се грижи за нея, както аз се грижех за теб."

Бенджамин сложи още едно пакетче чай в чашата си, разбърка го няколко пъти, после го извади, добави захар и мляко, след което отпи глътка. „Тя и Ел имат връзка."

„Прав си за това и най-добре ще е да се приготвя да отворя магазина. Уведоми ме, когато закуската е готова - каза Ейб, като постави чиниите в мивката, и отиде да се приготви за работа.

В семейната стая Бенджамин включи телевизора. Веднага разпозна къщата на Кейти. Навсякъде имаше камери, медии. Имотът беше ограден с жълта полицейска лента. Нещо лошо се беше случило там, той вече знаеше това. Сега щеше да разбере какво. Той увеличи звука. Приближи се.

Репортерът, облечен в тъмносин силов костюм и очила с тъмни рамки, стоеше до бял микробус, на който бяха изписани инициалите на местната телевизионна мрежа.

„Това е Карли Райт, предавам от улица „Онтарио", където наскоро беше открито тяло. Мъжът е идентифициран като Марк Дейвид Уилър. Близките му роднини са уведомени. Полицията издирва свидетели, които са го видели да влиза в тази къща зад нас, чиито обитатели са Дженифър и Кейти Уокър. (Тя държи две снимки.) Двете са в неизвестност и за последен път са били видени близо до крайбрежната улица в петък сутринта.“

Чакайте малко, на снимката майката на Кейти е с руса коса. Когато я е видял, косата ѝ е била черна - дали е носила перука в онзи ден на крайбрежието? И ако да, защо?

Репортерът продължава. „Марк Уилър произхожда от добре познато семейство в този регион. Семейство, което през годините е помагало на много благотворителни организации. Очаквайте подробности за погребението и посещенията. Ако някой има информация за госпожа Уокър или дъщеря ѝ, моля да се свърже с местната полиция или да ми се обади“.

Той обгърна с ръце себе си, мислейки за мъртвото тяло в къщата на Кейти. Цялото му тяло започна да се тресе. За да откъсне мислите си от новините, той се върна в кухнята и включи чайника. Докато той врял, погледнал през прозореца.

Слънчевите лъчи целуваха тротоара, катеричките вдигаха листа, а птиците летяха насам-натам от хранилката. Те нямаха представа, че е извършено убийство или че едно малко момиченце се е събудило с писъци и забити в кожата му стъклени парчета. Животът им продължаваше по същия начин, без значение какво се случваше с хората в къщите, които ги хранеха.

Когато чайникът изсвири, той изключи горелката, но не направи нова чаша чай. Вместо това продължи да наблюдава нормалността зад кухненския прозорец, без да мисли за нищо друго, докато вече не изпитваше желание да трепери или да се тресе.

ГЛАВА 31

KATIE И EL

Мамо! Мамо!" Кейти изкрещя с все още
затворени очи.

Докато утринното слънце проникваше през
разтворената пластмаса, Ел държеше Кейти на
ръце. „Всичко ще бъде наред, малката."

Кейти отвори очи - не беше вкъщи и не беше в
собственото си легло. „Мамо!" - извика тя. „Къде
е моята мама?"

Ел я пусна, когато тя се отдръпна.

Бенджамин, който беше чул писъците на
Кейти, пое управлението. „Кейти, ти си добре
и всички търсят майка ти. Помниш ли Ел? И,
помниш ли ме, Бенджамин?"

Кейти се протегна и хвана ръката на
Бенджамин, а след това и тази на Ел. Тя
ги притисна към бузите си, докато сълзите
се стичаха, после забеляза превръзките на
ръцете си. Откопча завивките и видя защитните
обвивки на краката си. „Какво стана?"

„Надявахме се, че ще можеш да ни разкажеш“, отговори Бенджамин.

Кейти ритна краката си, докато се мъчеше да свали превръзките. Когато те се разхлабиха, тя се опита да махне и тези на ръцете си. Ел я хвана за ръцете, сложи завивките обратно върху краката ѝ и заръмжа, за да я успокои. След няколко минути Кейти се беше свлякла на рамото ѝ и си почиваше спокойно.

Няколко минути по-късно Кейти каза: „Спомням си, че чух как мама ме вика“.

„В съня си?“ Бенджамин попита.

Ел прибра косата на Кейти зад ухото ѝ.

„Аз ли го направих“, попита момиченцето. „Аз ли счупих прозореца?“

„Сега млъкни, дете“, каза Ел. „Бенджамин го поправи и скоро ще се върне като дъжд. Няма значение как е бил счупен. Всичко, което има значение за нас, е твоята безопасност. Прозорците винаги могат да бъдат поправени.“

„Но не и аз?“ Кейти попита.

Ел я прегърна. „Ти си съвършена точно такава, каквато си.“

Бенджамин попита: „Можеш ли да си спомниш нещо? Въобще нещо за съня?“

„Мама ме викаше, само това си спомням.“

Триото седеше тихо. Ел си мислеше за това какво може да се е случило. Бенджамин си мислеше за това колко се радва, че тя не е била отвлечена или тежко ранена. Кейти се чудеше къде е майка ѝ и какво ще ядат за закуска.

„Гладна съм - каза тя и потупа къркорещия си стомах.

„Компанията на свинаря Бенджамин е на твое разположение" - каза той.

Кейти обви ръце около врата му, държейки се здраво за него, и тръгнаха към кухнята.

„Искаш ли да ми бъдеш малка помощничка за палачинки?" Ел попита. Кейти кимна и се усмихна; Бенджамин ѝ намери място на плота. „Това е тайна семейна рецепта" - каза Ел, докато разбиваше две яйца в брашното и започваше да разбърква. Когато беше готово, тя използва черпак, за да излее тестото върху нагорещената скара. „Добре, време е да ги обърнем. Виждате ли как се надигат мехурчета?" Тя помогна на момиченцето да обърне палачинките.

„По-лесно е, отколкото си мислех, че ще бъде", каза Кейти. „Особено с тези големи ръкавици за печене."

„Помагала ли си някога на майка си да готви?"

„Понякога, но тя никога не ми е позволявала да седя на плота или да обръщам палачинки."

„Готвенето може да е забавно."

„Но не и да режа лука - той ме разплаква, а и не ми харесва на вкус."

Ел се засмя. „Някой път ще ти покажа една тайна - как да ги режеш под вода, за да не плачеш".

После към Бенджамин: „Почти готов, можеш ли да съобщиш на Ейб?"

Кейти се засмя. „Да режеш лук във ваната? Това е смешно, Ел. Краката ми щяха да станат миризливи."

„Не, глупако. Имам предвид в мивката. Права си обаче, че ако го нарежеш във ваната, определено ще ти миришат краката и всичко останало."

Кейти и Ел се захилиха, докато заедно подреждаха масата. Скоро към тях се присъединиха Бенджамин и Ейб. Всички се нахраниха, след което Ейб каза, че трябва да се върне в магазина.

„Аз ще почистя - каза Бенджамин. „Но ще отнеме наполовина по-малко време, ако ми помогнеш."

„Предполагам, че клиентите могат да почакат", каза Абе.

„Хайде да те облечем", каза Ел на Кейти и те излязоха от кухнята.

Когато се отдалечиха, Бенджамин каза: „Трябва да поговорим, Ейб."

***

Каквостава?“ Ейб попита.

" „Мъж на име Марк Уилър беше намерен мъртъв в къщата на Кейти. Имаше го по новините.“

„А...“

„Това ли е всичко, което имаш да кажеш?“

„Трябва да помисля“, каза Ейб. „Може и да поработим, докато се приберем.“

Когато всичко беше върнато на мястото си, Бенджамин отиде във всекидневната и щракна върху телевизора.

„По-добре затвори вратата“, каза Ейб и Бенджамин го направи.

„Мислех, че трябва да се върнеш в магазина.“

„Наистина, но мимоходом видях, че дават новините. Той се премести през стаята и увеличи звука.

„Можех да го направя с това“ - каза Бенджамин, като държеше конвертора.

„Вече е направено“, каза Ейб и седна.

На моравата пред имота на Уокър стоеше друг репортер, който приличаше на Кларк Кент.

Той каза: - Семейството на Марк Уилър е добре познато в тази общност. През годините щедростта им е докоснала и подобрила живота на много хора чрез дарения за благотворителни организации и фондации. Въпреки това се разследват твърдения за връзка с наркотици."

„О, не - каза Бенджамин.

„Шшшш."

Репортерът продължи. „Търсим обитателите на тази къща зад мен. Дженифър Уокър и дъщеря й Кейти Уокър". Той вдигна една снимка. „Ако някой е видял или има някаква информация за местонахождението на Кейти и Дженифър, моля да ни се обади или да се свърже с местната полиция".

„Ами ако някой ни види да пазаруваме с Кейти?"

„Шшш."

„Всеки, който има информация за Марк Уилър, може да се обади на поверителната гореща линия. Номерът е в долната част на екрана." Той отново вдигна снимката на Дженифър и Кейти. „Наложително е да намерим тези двамата, преди да им се е случило нещо лошо. Моля ви, ако сте навън и сте видели или знаете нещо за местонахождението им - обадете се в полицията. Всяка информация може да бъде полезна. Дори информацията, която ви се струва незначителна, може да ни даде някакви улики, за да можем да им помогнем. Дъг Фалкон предава от телевизия SJB.“

Ейб и Бенджамин мълчаха в продължение на няколко минути. Тогава Бенджамин си спомни, че в деня, в който видя майката на Кейти, тя беше с тъмна коса, а на снимката, която репортерът държеше, беше с руса коса. Бенджамин го допълни с този спомен.

„Да, онази любопитна съседка, с която говорих, Джуди Смит, спомена за перуката“.

„Искате да кажете, че вече сте казали на сержант Милър за нея?“

„Не съм, но вероятно трябваше да го направя“.

„Определено трябва да запознаете сержант Милър с перуката. Но какво ще стане, ако някой знае, че Кейти е тук с нас? Ами ако заради това прозорецът е бил счупен снощи? Кейти каза, че е чула майка си да я вика. Дали тя е била на улицата, под стаята на Кейти, и я е викала?“ - “Не, не.

Бенджамин подскочи.

„Спри - каза Ейб.“ „Първо, ти каза, че подложката за книги е била използвана, за да се счупи прозорецът отвътре. Кейти вероятно е сънувала кошмар. Освен това сержант Милър знае, че Кейти е при нас, и не би позволил тази информация да стигне до никого“.

„Все пак я водим навсякъде. До магазина, до едно кафене. Някой със сигурност е забелязал. Тя е характерно на вид дете.“

„Сядай тук и не се притеснявай. Ще се обадя на сержант Милър, а още по-добре, ще отскоча дотам и ще си поговоря с него“.

Той се насочи към вратата. „Междувременно останете в помещението и кажете на Ел да държи магазина затворен днес“.

„Каква причина да й дам? Да обясня ли всичко, което научихме за Уилър?“

„Категорично не. Увери се, че ако телевизорът е включен, когато Кейти присъства, той никога не е настроен на новините“.

„Ще го направя.“

ГЛАВА 32

НА ЖП ГАРАТА

Ейб отиде в полицейския участък, където се провеждаше пресконференция. Сержант Милър ръководеше пресконференцията. Милър стоеше зад една трибуна, а микрофонът беше вдигнат на неговата височина. Влязоха няколко репортери с фотоапарати. Един репортер изкрещя въпрос. Ейб си проправи път с лакти през медийния цирк, за да се качи по стълбите и да влезе в сградата. Той мразеше тълпите, а да бъде в центъра на този пълен хаос не беше мястото, на което искаше да бъде. Милър потвърди присъствието на Ейб с кимване, докато минаваше покрай него и влизаше в сградата.

Един репортер изкрещя: „Ами изчезналото дете? Има ли следи за него?“

Втори репортер извика: „Какво знаете за момиченцето и майка му? Как са били свързани с Уилър?“

Милър вдигна ръка, за да успокои непокорната корона. Когато се успокоиха, той отговори: „Моля, задавайте по един въпрос наведнъж. Първо, детето е обявено за изчезнало - то не е изчезнало. Всъщност ние знаем къде е тя, къде е Кейти Уокър - тя е под сигурна опека на приемно семейство".

Чува се въздишка от една жена в тълпата. За няколко секунди една руса жена се открои от останалите. Той отклони поглед за секунда и тя изчезна.

„Кати Уокър прегледана ли е от лекар?" - попита друг репортер.

„Всичко е навреме - отвърна Милър. „Нуждаем се от вашата помощ, за да открием майката на детето. Имаме нулеви следи."

Спомни си, че майката на Кейти е руса, а не тъмнокоса, както беше съобщено първоначално - той сканира тълпата за жената, която беше зърнал преди. Нямаше такъв късмет. Никъде не можеше да я види.

„Ще отговоря на един последен въпрос и не го губете, за да ме питате къде е детето, единственото, което мога да ви кажа, е, че е в безопасност и е добре". Той избра следващия репортер, който да зададе въпрос: „Продължавай, Маги". Той познаваше Маги от местния вестник от години. Тя не беше като останалите. Беше истински журналист.

„Добро утро, сержант Милър", каза Маги.

Милър кимна.

Маги попита: „Тъй като детето, Кейти, е под опека, защо отделихте толкова време, за да отидете в дома ѝ и да разследвате?“. Въпреки че Маги не помръдна, околните журналисти го направиха. Те се блъскаха и бутаха, като се стремяха да се приближат.

„Е, Маги - каза Милър. „Детето, имам предвид Кейти Уокър, е било изоставено на крайбрежната улица в петък. За домашния ѝ адрес научихме едва вчера“.

„Не е вярно“ - извика друг репортер.

„Стига толкова“ - каза Милър, като удари с юмрук по подиума и се отдръпна от микрофона.

Същият репортер извика: „Разговаряхме със съседката, госпожа Джуди Смит. Тя потвърди, че един възрастен мъж е бил в къщата предния ден. Същият мъж, когото е видяла вчера да седи във вашата полицейска кола“.

Милър продължи да върви, игнорирайки глъчката, щастлив, че репортерите не бяха достатъчно умни, за да съберат две и две, тъй като мъжът, за когото говореха, току-що се беше промъкнал покрай тях и влезе в сградата.

Преди да влезе в участъка, той се обърна към репортерите. „Имахте своите въпроси. Сега нека ние да си свършим работата, а вие - своята. Помогнете ни да намерим майката на детето. Благодаря ви за отделеното време.“ Той премина през въртящите се врати и отиде в кабинета си.

Ейб, който се беше почувствал като у дома си, като седеше, сега се изправи, за да стисне ръката на Милър. Ейб каза: - Видяхме снимката на Кейти по телевизията и чухме за тялото на мъртвеца. Каква ужасна находка. Нищо чудно, че бяхте толкова тихи, когато ме закарахте до вкъщи".

„Всичко това е било при изпълнение на служебния дълг - каза Милър. „Кафе?" Ейб отказа с махване на ръка. Милър продължи: - Репортерите са гладни за история, за всякаква история. Не сте чули последния въпрос. Онази жена - вашата любопитна съседка - спомена, че сте посетили къщата и сте били в моето возило. Когато си тръгнете, трябва да сме сигурни, че ще се приберете у дома, без никой да ви следи".

„О, не - каза Ейб. Той погледна през бюрото към приятеля си. Изглеждаше така, сякаш се е състарил през последните няколко дни. „Спал ли си изобщо? Изглеждаш като дявол."

„Спал ли си? Какво е това? Опитвам се да сглобя парчетата тук, това е труден случай. Мислехме, че имаме следа за майката, но тя не се потвърди. Сякаш е изчезнала безследно". Телефонът му иззвъня. „Добре, благодаря, че ме уведомихте."

„Няма нови следи?"

Милър се наведе по-близо. „Това беше съдебният лекар. Ново тяло. Все още няма документи за самоличност."

„Каква е интуицията ти? Майката на Кейти ли е?"

„Не мога да кажа, защото не знам."

„А мъртвецът, кой беше той? Имам предвид, че знам името. Той е свързан с наркотиците. Не мога да повярвам, че някоя майка би изложила детето си на такъв риск".

„Предполага се. Кой знае защо хората правят това, което правят? Когато бяхме в къщата, на камината имаше снимка на Кейти и Марк. Изглежда странно, че една майка би позволила това, ако възнамеряваше да убие приятеля си". Той направи пауза, страхувайки се, че казва твърде много, след което смени темата: - Но, да, отпечатъците му запалиха системата. Това е мотивът, който се опитваме да открием."

„Мотив, като убийство на мафията?"

„Ех, не позволявайте на въображението си да се развихри - каза Милър. „Що се отнася до мотив, това не знам." Сержант Милър вдигна телефонната слушалка. Когато секретарката отговори, той каза: „Да, трябва да изкарам цивилен от сградата." Той се заслушал, след което отговорил: „Да, през задния вход. Уверете се, че не е следен."

Ейб се изправи: „Скъпи ми приятелю, ти ще дойдеш с мен. Обзалагам се, че жена ти и децата ти липсват, а ти имаш нужда да се наспиш".

Сержант Милър по принцип се съгласи с Ейб, но имаше твърде много работа. Все пак отдели време, за да се увери, че приятелят му е излязъл безопасно от сградата и е на път към дома.

„Брегът е чист" - каза шофьорът. Милър затвори вратата на колата на Ейб, наблюдаваше, докато автомобилът се изгуби от погледа, след което се върна в офиса си.

ГЛАВА 33

РУСА РЕТРОСПЕКЦИЯ

Беше хубав неделен следобед и семейства се разхождаха наоколо. Много от тях си правеха пикник, други спортуваха или се излежаваха край брега. Въздухът миришеше сладко, както се случва, когато пролетта преминава в лято. Почти на всяко дърво се виждаха чуруликащи и пърхащи птици.

На задната седалка на таксиметров автомобил една жена наблюдаваше градските дейности. Искаше ѝ се да има достатъчно пари, за да живее и тук. Сега, спряла на червен светофар, тя наблюдаваше семейство, което си подхвърляше фризби напред-назад. Когато светофарът се смени и колата потегли, тя продължи да наблюдава, докато не ги видя.

В ума си обмисляше какво ще каже на сестра си. И преди беше искала пари и сестра ѝ ги беше давала - но с неохота. Най-вече защото знаеше къде ще отидат парите, а именно за погасяване на дълговете ѝ, свързани с наркотиците. По-голямата й сестра в крайна сметка щеше да се предаде. Въпреки това тя мразеше да е в положението, в което се налага да иска. Особено лично. Надяваше се да зърне малката Кейти, когато е там, може би дори да я запознае. Сега, когато беше на седем години, може би дори щеше да си я спомни.

Веднъж или два пъти шофьорът я погледна в огледалото за обратно виждане. Тя нагласи огледалните си слънчеви очила и дискретно избърса една сълза.

„Какво гледаш?" - попита тя.

"Nothing," he replied, turning onto Ontario St. "What number were you looking for again?"

Това беше къщата, обградена с полицейска лента, с круизъри навсякъде.

„Карай нататък!" - нареди тя. „Карай!"

„Добре, но накъде сега, госпожо?" - каза той, правейки обратен завой.

„Просто карайте, оставете ме да помисля!" - възкликна жената. Тя извади телефона си от кафявата си чанта и натисна бързото набиране. Той звъни, звъни и звъни. Тя прекъсна връзката и заби нокти в подлакътника. Пое си дълбоко дъх и натисна друг номер на бързото набиране. Както и първият, той остана без отговор.

„Госпожо, трябва да знам къде отивам."

„Просто карайте, докато не ви кажа да спрете", изкрещя тя.

„Добре, госпожо, вие сте шефът." Той караше безцелно, като спираше и тръгваше, когато светлините се сменяха от зелени на червени. „Ще изберем живописния маршрут.“

Върнаха се покрай бреговете на езерото Онтарио. Виждайки брояча на парите и цената, която се покачваше, тя провери в чантата си за пари в брой. Кредитните ѝ карти вече бяха изчерпани. „Къде е полицейският участък?“ - попита тя.

„На няколко пресечки оттук.“

„Заведи ме там“, каза тя. По пътя си мислеше какво да каже, какво да им разкаже за себе си. Забеляза тълпа, блокирала входа на участъка, като през цялото време се чудеше дали това има нещо общо с къщата на сестра ѝ.

„Просто ме пуснете, там - поиска тя, подавайки на шофьора шепа монети и няколко надраскани банкноти.

Тя сплеска предната част на роклята си, която сега прилепваше към нея от статично електричество. Зад себе си чу името на сестра си и на Кейти. Тя се изпъна напред, очаквайки да види какво ще каже мъжът на подиума.

Когато той разкри, че дъщеря ѝ е добре и е в приемно семейство, тя едва не припадна. Пое няколко дълбоки вдишвания и напусна района, щастлива в съзнанието си, че дъщеря ѝ е добре. Въпросът за изчезването на сестра ѝ щеше да бъде решен с времето.

Продължи да върви в обратната посока, в която беше дошла. Носеше петсантиметрови токчета, но не беше подготвена за дълъг преход където и да било. Вятърът галеше голите й ръце и тя се радваше, че поне тази вечер нямаше вероятност да вали.

Миризмата на парещи горещи говежди бургери, сладък лук и мазни пържени картофи наблизо накара стомаха й да се свие. Идеалната храна за махмурлук. На практика без пари сега вдишването на калории щеше да е достатъчно. За да се разсее, тя се опита да си припомни номерата на онези, които смяташе, че могат да й помогнат, но резултатът беше същият.

Две врати по-надолу тя намери магазин за стоки втора употреба. На витрината имаше русо момиче, облечено сякаш за парти. Тя се вгледа в лицето на манекенката, представяйки си как би изглеждало нейното момиченце сега. От години не беше виждала нейна снимка.

Беше я блокирала - както правеше винаги, когато нещата ставаха прекалено много за нея. „Разделяй." Това винаги й казваше психиатърът. Но къщата... беше я виждала, оградена с жълта лента - полицейска лента - като в сериалите „CSI" или „Убийство, което написа". Това беше къщата на сестра й. Сестра й, която беше майка на детето й. Дете, за което никой не знаеше.

Няколко врати по-надолу се беше събрала тълпа. Тя се присъедини към тях, виждайки новинарска програма със субтитри. Снимка на сестра й и дъщеря й под заглавието „Изчезнали лица“. След това снимка на Марк Уилър със заглавие „Убит, връзка с наркотици“.

Двата инцидента бяха свързани. Сега коленете ѝ наистина се подкосиха и тя се подхлъзна на тротоара.

„Добре съм - каза тя, докато непознати ѝ помагаха да се изправи отново на крака. Тя им благодари и с разтреперани глезени се отдалечи.

Беше чувала за този Марк Уилър в света на наркотиците. Сега той беше мъртъв. Как сестра ѝ е била свързана с него? Тя самата ли беше връзката? Тя им дължеше пари. Каза, че ще ги върне. Дори не беше толкова много. Сестра ѝ беше върнала дълга си за наркотици веднъж, два пъти - беше изгубила представа колко пъти. Със сигурност нямаше да посегнат на сестра ѝ. Слава богу, че не знаеха, че Кейти е нейна. Ако не знаеха, как тогава Уилър се беше оказал мъртъв? Дали тази връзка бе довела бандити в дома на сестра ѝ?

Опита се да не мисли за това, препъвайки се на бог знае къде. Замаяна, отчасти блуждаеща, тя си спомни за деня, в който се е родила Кателин. Беше млада, седемнайсетгодишна, твърде млада, за да бъде майка, и все пак, когато видя дъщеря си за първи път, изпита всички майчински чувства, които една майка трябва да изпитва.

Да бъде на седемнайсет беше достатъчно възрастна, за да роди бебето и да възпита майчински инстинкти, но не достатъчно, за да я убеди да задържи новороденото. Да я отгледа. Но, о, това малко лице. Миризмата ѝ. Миризмата на розово. Тя стискаше телефона си в ръце, докато крачеше по пътя.

Със сълзи на очи си каза да се отърси от това. В онзи момент беше направила най-доброто за Кателин, като я беше дала за отглеждане на по-голямата си сестра.

Изгубена, без да има къде да отиде, без да има с кого да поговори, тя се упрекваше, че е дошла в града. За това, че е наркоманка. За това, че е отишла в дома на сестра си. За всичко - за цялата тази проклета работа.

Един мъж, който миришеше толкова лошо, колкото и изглеждаше, я блъсна.

„Внимавай!“ - възкликна тя и накара горкия мъж да се разплаче. Тя бръкна в дъното на чантата си, намери няколко заблудени монети и ромб за гърло и му ги сложи в ръката.

„Благодаря ви“, поклащайки се насам-натам, каза мъжът. Той духна върху ромба и я пъхна в устата си, след което попита: „Изгубихте ли се?“.

„Нова съм в града“ - каза тя. „Има ли някакви забележителности, които да видите тук?“

Той сложи ръка на брадичката си, докато я оглеждаше. „Там горе има един известен виадукт, продължавайте да вървите и няма как да го пропуснете. Гледката е невероятна.“

„Благодаря ти“, каза тя, докато си тръгваше.

С нетърпение очакваше да види забележителността и отвори чантата си. Извади цигара от пакета и я запали. Дългото дръпване ѝ помогна да успокои ума си. Мислеше си какво трябва да направи, но не получаваше отговори.

Биологичната майка на Кейти беше спряла, за да си почине. Самият парк беше напълно активен, с деца и кучета, които тичаха безразборно. На Кати ѝ се прииска да изпуши още една цигара, но не я запали. Вместо това се вслуша в смеха. Всъщност нямаше къде да отиде.

Телефонът ѝ завибрира; беше Ансън. „Къде си?" - попита той.

„Близо съм до жилището на сестра ми, но тя не си е вкъщи."

„Е, поръчката ти е готова. Първо трябва да платиш дължимото. Кога ще се върнете, за да я вземете? Не мога да я държа тук твърде дълго. Ако не можете да платите, тогава трябва да я продам на някой друг. Имам списък с чакащи, знаете ли."

„Не мога да се върна веднага, но ми трябва. Има ли шанс да дойдеш и да ме вземеш? Бих ти платил. Бих направил всичко."

Плясък! Топката на едно дете, на едно малко момче, отскочи и се удари в пръста на обувката ѝ. Тя я ритна обратно към него.

„Благодаря, госпожо“, каза той.

„Не мога да дойда и да ви взема. Това не е таксиметрова услуга.“ Линията щракна и замлъкна в другия край.

Ансън беше последната ѝ надежда, да се върне. Щеше да изгуби себе си и всичко, за което мислеше. Един удар и всичко щеше да изчезне - всяка мисъл - всяка емоция - дори и само за малко.

„Слизай тук!“ - изкрещя майка ѝ. „Ти, мръсна малка курва!“

Беше преди години, но се разиграваше в съзнанието ѝ, сякаш се случваше сега. Дори усещаше миризмата на майка си - комбинация от талк и Джак Даниелс.

Сестра ѝ беше повече майка, отколкото майка ѝ. Баща им беше отлетял от къщи, веднага след като тя се появи на бял свят, и майка ѝ винаги я обвиняваше за заминаването му.

„Ти го изгони!“ - крещеше тя.

И майка ѝ довеждаше мъжете вкъщи. Мъже, които ѝ помагаха да плаща наема, да слага храна на масата. Мъже, които бяха чудовища. Чудовища, от които майка ѝ е трябвало да предпази дъщеря си.

Тя въздъхна. Годините терапия ѝ бяха позволили да прости на майка си. Да приеме, че е направила най-доброто, което е могла да направи при тези обстоятелства.

Ето го: Виадуктът.

Поколеба се, беше забележително високо - но да, бездомникът беше казал, че гледката оттам трябва да си заслужава изкачването. Но обувките на краката ѝ я притискаха и по средата на пътя нагоре, уморена да ги носи, тя ги хвърли в езерото Онтарио. Засмя се, като си помисли, че някоя костенурка или риба ги наблюдава, докато падат на дъното на езерото.

След като стигнала до върха, гледката ѝ спряла дъха. Виждаше грозота, сгради, които някога са изпълнявали някаква функция. Сега в тях нямаше хора, не се грижеха за тях, а по стените им растяха плевели. Имаше една гола красота, която, ако не беше толкова високо, щеше да оцени.

А в другата посока се намираше езерото Онтарио. Тя последва пътя на водата. Вдясно една от обувките ѝ изскочи, а няколко мига по-късно към нея се присъедини и другата. Те се носеха по течението, сякаш духът танцуваше, вместо да ходи по водата.

Тя се засмя, първо тихо, после истерично. Роклята ѝ се развяваше около нея, сякаш се намираше в облак.

Тя излезе на перваза. Беше лоша майка, по-лоша, отколкото е била нейната майка. Майка ѝ поне оставаше и държеше дъщерите си близо до себе си. Тя остави съденето на Бог, Исус или който и да е друг.

Биологичната майка на Кейти се чувстваше така, сякаш не си струва да я спасява. Не можеше да ѝ бъде простено. Не можела да прости дори на себе си.

Тя загреба фалшивите си нокти по ръцете си. Проследи следите, оставени от иглите, които бе използвала толкова дълго време. Сега ги усещаше с пръстите си. Дори и да се откажеше от навика си, те щяха да разпознаят уязвимостта ѝ и да започнат да молят да бъдат хранени.

Тя се приближи до ръба. Затвори очи. Усети мириса на цветята. Вслуша се във виковете на чайките. След това падна в хладните води на езерото Онтарио като кукла, чиито конци са били отрязани.

***

Когато я намериха недалеч от виадукта, тя беше във водата по-малко от двадесет и четири часа. Очите ѝ бяха широко отворени, сякаш все още размишляваше върху нещо някъде съвсем наблизо.

Биологичната майка на Кейти чакаше да бъде идентифицирана долу в моргата.

ГЛАВА 34

EL, ABE И KATIE

„Върни се в леглото - каза Ейб, докато Ел събираше нещата си, за да ги занесе в стаята на Кейти. Тя го целуна по челото: „Искаш ли чаша какао?“

„Ти четеш мислите ми.“

„Остани тук, под завивките, и се стопли. Дори ще ти поднеса няколко бисквити.“

„Благодаря, любов.“ Той слушаше как Ел се разхожда из кухнята и си гука. Разбираше нуждата на съпругата си да утеши детето, но и той имаше нужда от утеха. Освен това се притесняваше, че тя се е привързала прекалено много към него. След ден-два майката на Кейти можеше да се върне. Те никога повече нямаше да я видят. И какво тогава?

Ел се върна с подноса. На излизане тя го целуна по челото.

Кейти седеше и чакаше Ел. „Искам да се прибера у дома“ - каза тя, като разтриваше очите си.

„Не ти ли харесва тук?“ Ел попита, като вече знаеше отговора.

„Разбира се.“

„Кой плаче?“ - попита Ейб. Ел се опита да го отблъсне. „С какво мога да ти помогна, малката?“

„Искам да се прибера вкъщи и да взема нещо.“

„Ами сега“, каза той и седна на края на леглото. „Първо, ние с Ел нямаме ключ за къщата ти, нито пък Бенджамин“.

„Мога да вляза, през прозореца. Ще трябва да ме вдигнеш - направих го веднъж, когато мама си забрави ключа“.

„От какво имаш нужда?“ Ел попита.

„Не мисля, че трябва да ходиш“, отговори Ейб.

„Искам да си взема чучура.“

Но ти си имаш своята красива кукла, мъниче - каза Ел.

„О, тя е хубава, но аз си имам моето плюшено мече от цяла вечност и то ще бъде съвсем само“.

„Нека помисля върху това“, каза Ейб. „А сега млъкни и заспивай, защото иначе Ел ще трябва да се върне в собствената си стая“.

Без да каже нито дума, Кейти се сгуши под завивките и затвори очи. Ейб намигна на Ел и затвори вратата на излизане.

ГЛАВА 35

ABE И BENJAMIN

Ейб занесе подноса в кухнята и го прибра, след което отиде в хола. Бенджамин спеше на дивана, а на заден план бръмчеше телевизорът. Той го изключи, след което метна одеялото върху тийнейджъра.

Ейб се върна в стаята си и заспа. Звукът от тенджерите и тиганите в кухнята и миризмата на готвена закуска го накараха да огладнее. Той погледна радиочасовника - вече беше 9:30 часа! Облече си палтото и отиде в кухнята.

„Трябваше да ме събудиш!“ - възкликна той.

Кейти подскочи.

„Съжалявам“, каза той. „Първо исках да кажа добро утро.“

Ел кимна, а Кейти се усмихна. Той се отдръпна от кухнята и отиде във всекидневната, където Бенджамин гледаше телевизия.

„Спа ли добре?“ Ейб попита.

Бенджамин не проговори, вместо това увеличи звука на телевизора, за да чуе какво казва репортерът по новините.

„Тази сутрин на брега на езерото Онтарио беше изхвърлено тялото на една жена“.

Космите по ръцете на Бенджамин се изправиха. „Боже, дано това да не е майката на Кейти.“

Пред входната им врата вестникът се удари в плочника. Ейб го вдигна и видя снимката на Кейти и Дженифър Уокър на първа страница под заглавие „Изчезнали майка и дъщеря“. Той сви вестника на руло и го хвърли в кошчето за боклук.

„Ела и си вземи“ - извика Ел и всички заедно седнаха да закусват.

ГЛАВА 36

SGT. MILLER

Насрочена е среща в станцията с RCMP. Те са били повикани, след като Уилър е бил идентифициран. Той трябваше да ги запознае с местонахождението на Кейти. Те щяха да запазят информацията в тайна.

Междувременно на брега на езерото Онтарио бе изплувало ново тяло. Очевидно със следи нагоре и надолу по ръцете.

Преди пристигането на РЗС Милър се обади на Ейб, за да разбере как е Кейти.

„Тя сънува кошмари. Счупила е един прозорец, наранила се е малко. Ел успя да се справи с всичко и детето не беше сериозно наранено".

„О, съжалявам да чуя това", каза Милър. „Трудно е за едно дете да спи в чуждо легло, в чужд дом".

„В момента единственото, което тя иска, е да се прибере у дома. Липсва й нещо, което тя нарича „нейното плюшено мече".

„Съжалявам, Ейб, но за това не може да става дума."

„Но тя не може да спи.“

Милър повиши глас; той затвори вратата си. „Ейб, в никакъв случай не трябва да ходиш там. Какво ще стане, ако някой репортер те види и те последва вкъщи?“

„Чувам те.“

„Дръжте се настрана, всички вие. Ще се свържа с вас и не забравяйте, че имаме неразкрито убийство. И не знаем къде е майката на Кейти“. Той се поколеба. „Кейти може да е единствената ни следа. И знам, че изглежда невероятно, но децата са възприемчиви. Понякога се досещат за неща, които могат да ни помогнат да намерим майка ѝ, да я спасим, преди да е станало твърде късно.“

„Значи смятате, че госпожа Уокър трябва да е била замесена в наркосредата, откакто двамата с Уилър са се срещали?“

„На този етап не знам отговора, но няма следи от проникване с взлом“.

„Кейти каза на Бенджамин, че именно Уилър ѝ е подарил скъпа кукла, така че, той е бил в къщата повече от един път. Другата иронична част е, че той може да е купил куклата от нас“.

„Наистина? Погледнахте ли книгите си, да видите дали има запис на поръчка? Това може да е следа. Може да е нещо.“

„Не го направих и знаеш ли какво, досега, когато ти разказах, дори не си бях помислял да проверявам книгите си. Да не говорим, че тъй като куклата е копие на детето, някой от нас тук, ако е поръчал при нас, трябва да е видял снимка на Кейти. Аз не си спомням да съм я виждал, но нали знаеш, паметта - и остаряването. Това е едно от първите неща, които си отиват." Ейб се засмя.

Милър каза: „Да, разбирам, но моля те, провери и ми кажи какво ще намериш. Каквото и да е. Начин на плащане. Датата на поръчката."

„Ние предлагаме тези кукли само в навечерието на Коледа, така че би трябвало да е достатъчно лесно да се проследи, ако наистина я е поръчал от нас".

„Виж дали можеш да откриеш някаква друга информация от Кейти. Някакви идеи за това къде може да е отишла майка й. Празнични дестинации. Роднини. Приятели. Каквото и да е."

„Ще бъде ли по-добре, ако изпратите някого? Експерт по разпити на деца?" Ейб попита. "Also, since you are sending someone over, why not send them to pick up the stuffy?"

„Ще трябва да го обсъдя с началниците си. Може да бъде, като следваща стъпка. Засега тя познава теб, Бенджамин и Ел. Наблюдавай я, без да й даваш да разбере. Задавайте й въпроси, ако тя позволи, без да подкопавате доверието, което има към вас. Точно сега ти си всичко, което тя има. Възможно е тя да е станала свидетел на нещо, което може да изложи на опасност всички вас".

„Както казах, тя сънува кошмари."

„Точно така. Травмата може да причини кошмари, ходене насън. Престоят в непозната среда е приспособяване при нормални обстоятелства. Тези са далеч от нормалните." Милър се поколеба. „Като се замисля, ще помоля един от моите офицери да се отбие с ДНК комплект. Офицерът ще вземе обикновен тампон от слюнката на Кейти. Ако тя иска да говори за нещо. Имам предвид с някого извън дома ви, тогава моят офицер ще й даде тази възможност".

„Каква умна идея и благодаря, че ме уведомихте - каза Ейб. „Мисля, че когато детето е било оставено само в парка, може да е претърпяло изоставяне. Това обаче не би трябвало да доведе до някакви трайни увреждания, нали?"

„Зависи от нейния нрав, не мога да кажа, Абе. Би било полезно да проверите за всякаква информация, която може да имате в досиетата си".

„Ще го направя."

„Ще се свържа с теб."

„Благодаря."

ГЛАВА 37

ИЗГУБЕНИ И НАМЕРЕНИ

Беше слънчев следобед, без нито един облак в небето - идеалният ден за риболов.

Джеймс и Андреа Ричардс се разхождали с лодката си по езерото Онтарио, когато тя забелязала нещо да плува във водата. Тя извади бинокъл и се вгледа по-отблизо. То подскачало и се движело, но приличало на дамска чанта.

„Кълна се в Бога, там има дамска чанта", казала тя на съпруга си и му подала бинокъла. „Може би някой е бил убит точно тук, на езерото." Тя изтръпна, въпреки че ѝ беше топло, и обви ръце около себе си.

Джеймс я погледна. „Прекалено много си чела романите на Агата Кристи."

Тя се подигра.

„Но нека все пак да излезем и да разгледаме по-отблизо, за да си спокойна. В края на краищата рибата не кълве днес."

„Благодаря, любов", каза тя.

Джеймс насочи лодката по посока на плаващия обект и минути по-късно съпругата му вкара в употреба рибарската мрежа, като прибра една чанта. Когато я вдигна от мрежата, тя забеляза, че тя все още е затворена. Чудеше се дали съдържанието е сухо, но я отвори.

„Чакай!“ - възкликна той.

Твърде късно, тъй като тя извади портфейла. Всичко вътре беше сухо. Въпреки че сега, когато се замисли, осъзна, че е постъпила противно на всичко, което знаеше от телевизията и книгите, като е нарушила съдържанието.

Няма значение, това вече беше направено. Тя обърна портфейла и откри шофьорска книжка, няколко кредитни карти, снимка на бебе, тубичка с паста за зъби и четка за зъби (туристически размер), телефон с изтощена батерия и малко лепило за нокти.

„Мисля, че е по-добре да се обадим в полицията“, каза тя.

„Има ли пари в брой?“ Джеймс попита.

„Няма пари в брой“, каза тя, докато набираше 911.

След като разказали на полицията какво са намерили, им било казано, че служител ще ги посрещне на брега. Няколко минути двойката се носеше по течението в мълчание, докато чайките крещяха над главите им и скубеха рибата, която скачаше навсякъде около тях.

„Разбира се, сега са гладни!" Джеймс каза, докато запалваше двигателя и тръгваше натам.

ГЛАВА 38

MORGUE

По-късно, след като получава обаждане от Патерсън, Милър отива в моргата.

„Потвърдихме, че неизвестната е на не повече от двайсет и четири години и е дългогодишна потребителка на тежки наркотици. С подобни следи тя е била наркоманка от дълго време. Освен това е първородна“.

„На колко години щеше да е детето, ако беше оцеляло?“

„Седем, може би осем.“

„Възрастта отговаря“ - каза Милър. „Има ли нещо необичайно в откритията ви?“

„Наркотикът, който е избирала, е бил кокаин. Към момента на смъртта си не беше употребявала през последните двайсет и четири часа. Била е тежка потребителка - голямо метаболитно натрупване на бензоилекгонин с течение на времето, но нищо скорошно“.

„Мислите ли, че се е опитвала да се откаже от навика си?“

„Малко вероятно, освен ако не е била записана в някоя от най-добрите рехабилитационни клиники“.

„Такава загуба. Най-добре да отида в офиса. Уведоми ме, ако откриеш нещо друго - каза Милър и се запъти към вратата.

„Ще го направя.“

Телефонът на Милър иззвъня.

„Къде се намирате?“ - попита той. „Точно така. Мога да го донеса сам. Няма проблем. На път съм. Ще се насоча към него веднага щом го взема. Благодаря.“

Милър се срещна с Ричардс, който му предаде чантата.

„Какво ще стане, ако никой не я потърси?“ Андреа попита.

„Ще я пазим като доказателство, докато някой не я потърси“, каза Милър. „Благодаря ви, че я предадохте.“

ГЛАВА 39

BENJAMIN И ABE

Милър пише на Ейб и му съобщава името на полицая, който ще дойде да види Кейти и да вземе ДНК проба. Ейб се обажда вкъщи и запознава Бенджамин с подробностите.

„Името ѝ е офицер Лейн и ще пристигне всеки момент".

„Все още няма следа от нея" - каза Бенджамин.

„Когато пристигне, помоли Ел да ѝ даде чаша чай и да ме изчака да дойда". На заден план той чу звънеца на вратата.

„Късно, тя вече е тук, а Ел е заета с клиенти".

„Кажи ѝ да затвори магазина и да дойде веднага".

„Добре."

„Край и навън", каза Ейб.

Бенджамин изпрати смс на Ел да затвори магазина и да дойде веднага в къщата. Той отвори вратата.

„Казвам се офицер Лейн" - каза тя.

Ел пристигна и попита: „Какъв е спешният случай?".

Бенджамин протегна ръка.

„Тук съм, за да видя Кейти“ - каза Лейн. „И за да взема ДНК проба“.

Ел протегна ръката си. Тя покани офицер Лейн във всекидневната.

„Това е офицер Лейн, Кейти“.

„Кейти, можеш да ме наричаш Лейси. Тук имам човек, който казва, че си му липсвала“. Тя измъкна едно очукано плюшено мече.

Очите на детето светнаха, докато приемаше своята плюшена играчка. „Едуард“, извика тя. След това каза на офицер Лейси: „О, благодаря ви.“ На мечето тя каза: „Толкова ми липсваше“. Тя придърпа лицето му до ухото си и каза: „Да“. Последва: „Наистина?“.

Офицер Лейн се усмихна. „Едуард е хубаво име. Радвам се да видя двама ви отново събрани. Сега искам да поговоря с теб, за да ни помогнеш да намерим майка ти“.

„Тя изгубена ли е?“ Кейти попита с нацупена физиономия.

„Не сме сигурни“, каза Лейси, „но със сигурност можем да се възползваме от помощта ти“.

„Какво трябва да направя?“

Офицер Лейн бръкна в чантата си и извади комплекта за ДНК. Тя извади върха на кийборда и отвори контейнера, за да го постави вътре. „Бих искала да сложа това в устата ви и да взема така наречения тампон“.

„Чувала съм да се използват такива само в ушите" - засмя се Кейти.

„Точно това би казало моето малко момиченце" - каза Лейн с усмивка.

„Как се казва тя?"

„Името ѝ е Джема, но ние я наричаме Джем."

„Какво хубаво име, като скъпоценен камък", излъчи Кейти.

Офицерът се усмихна. „То е меко, така че няма да боли. Ще го пусна в устата ти, след това ще го сложа в този контейнер и ще го изпратим в лаборатория".

„Ако те е страх, Кейти", каза Бенджамин, „офицер Лейн, можеш първо да ми направиш тампон, за да видиш какво е".

„Не ме е страх", каза Кейти.

Офицерът взе пробата, след което написа името на Кейти на етикета. Тя го постави върху контейнера. „Кога е рожденият ти ден? И на колко години сте?"

„На 1 септември съм и съм на седем и половина".

След като служителката завърши теста, тя попита останалите дали може да поговори с Кейти насаме.

„Не е нужно - каза Бенджамин. „Ако не искаш."

„Той е прав, Кейти. Не е нужно да го правиш - каза Лейн. „Искаш да ни помогнеш, да намериш майка си, нали? Имам предвид, че ако можеше да помогнеш, щеше да искаш, нали?"

Кейти погледна Ел.

„Какво нещо искаш“, каза Ел. „Разбира се, че иска да помогне, но тя е само дете.“

Кейти кимна на офицер Лейн и я заведе в стаята си, където й показа куклата си и започна да говори за нея.

„Марк, господин Уилър купи тази кукла за мен, за Коледа, като изненада. Той винаги идваше при мен и ми носеше изненади“.

„Беше ли мил?“

„Да“, каза Кейти.

„Искаш ли да ми кажеш още нещо?“

„Той и майка ми понякога бяха щастливи.“ Тя погледна встрани. „Друг път крещяха и той си тръгваше.“

„Майка ти плачеше ли? Когато той си тръгваше?“

„Да, докато не излязохме за млечни шейкове.“

„Харесваш млечни шейкове?“

„Да, ягодов е любимият ми.“

„Тогава какво щеше да се случи?“ Лейн попита.

„Той щеше да изпраща подаръци на майка ми, а понякога и на мен“.

„Много мило от негова страна“, каза Лейн и си поигра с косата на куклата, а след това и с косата на Кейти.

„Те не се чувстват по същия начин“, каза Кейти. „Моята е по-мека.“

„Права си.“

„Това е така, защото Ел използва специален балсам за косата ми и я разресва с петдесет движения всяка вечер, преди да си легна. Тя каза, че на възрастните се полагат сто удара, а на децата - петдесет". Кейти се захили.

Офицер Лейн погледна към залепения с тиксо прозорец: „Какво се случи тук?"

„Ел каза, че съм ходила насън. Не си спомням."

„Била ли си лунатичка някога преди?"

„Не мисля, че е така", отговори Кейти. „Ел ми сложи превръзки. Тя е обучена медицинска сестра. Майка ми искаше да стане учителка, но..."

„Какво я спря?"

„Аз, като се родих", каза Кейти. Тя постави куклата си обратно на леглото и попита: „Има ли още нещо? За да ми помогнеш да намеря майка си?"

„Чудех се дали имаш някакви лели или чичовци, баби и дядовци, приятели, при които майка ти може да е отишла на гости? Ами баща ти?"

„Мама има сестра, но никога не съм я виждал. Мама е по-възрастна. Никога не съм срещала баба и дядо. Никога не съм виждала баща си."

„Къде живее сестрата на майка ти? Можем ли да й се обадим?"

„Не знам."

„Живял ли си някога някъде другаде?" Лейси попита.

„Не." Кейти погледна към краката си. „Съжалявам, че не съм много полезна."

Офицер Лейн я потупа по главата: „Не знам, понякога знаем повече, отколкото си мислим, че знаем. Продължавай да мислиш."

„Още веднъж благодаря за моето чучело.“

„За мен е удоволствие.“

Офицер Лейн се запъти към лабораторията с пробата и я постави в списъка с висок приоритет. След кратък разговор тя успя да го избута на върха. Тя се върна в участъка.

∗∗∗

Милър получи обаждане от офицер Лейн.

„Както беше поискано, занесох ДНК пробата на Кейти Уокър направо в лабораторията. Направиха сравнение с жената в моргата - съвпадат.“

„Нямам търпение да споделя тази новина. Това е най-лошият изход.“

„Ако имаш нужда от мен, ще отида с теб за подкрепа.“

„Благодаря за предложението, но това е моментът, в който нашият консултант на щат ще бъде изключително полезен. Не сме имали повод да я използваме често, тъй като тя работи извън офиса. Аз не съм имал много контакти със съветника Бригс, а вие?“ „Не, не.

„Дори не съм се срещал с тази жена - каза офицер Лейн.

„Предполагам, че аз ще бъда първият, който ще работи с нея от нашата станция.“

„Каквото и да се случи, сержант, тя би трябвало да е добре обучена да се справи с това“.

„Силно се надявам да е така. Благодаря и ще се видим отново в участъка." Той прекъсна връзката, осъзнавайки, че няма номера на Елинор Бригс в телефона си. Обади се отново в участъка и помоли служителя на рецепцията да открие номера. Въведе информацията в телефона си и се обади на Бригс, като я запозна със ситуацията.

„Мога да бъда готова веднага щом имате нужда от мен - посочи Бригс.

„Добре, ще се отбия и ще ви взема след около петнайсет минути" - каза Милър и направи обратен завой. Не можеше да спре да мисли за Кейти. Тази новина щеше да разбие сърцето ѝ.

С неохота набра номера на Ейб и го запозна със ситуацията.

✳✳✳

Бенджамин изпитваше клаустрофобия и искаше магазинът да се отвори. Това би било добре дошло разсейване. Той написа на Ейб: „Къде си?“

Ейб почти се беше прибрал вкъщи, когато получи съобщението, а след това се обади сержант Милър.

„Имам тъжни новини за майката на Кейти. Тялото ѝ е намерено близо до виадукта.“

„Самоубийство?“

„Не е изключено.“

„Добре. Наистина невероятно тъжни новини. Горката Кейти. Трябва ли да ѝ кажа сега? Тъкмо отивам вътре.“

„Не. Със съветника ще дойдем, за да кажем на Кейти. Ти, Бенджамин и Ел ще присъствате ли? Тя ще има нужда от вашата подкрепа.“

„Е, да. Толкова тъжен резултат. Разбира се, всички ще бъдем там.“

Пристигайки вкъщи, той влезе в семейната стая и видя Кейти, сгушена до плюшена играчка. „Кой е този сега?“, попита той.

„Това е мечето Едуард, моето плюшено мече.“

„Бих искала да го разгледам по-отблизо, ако можеш да изтичаш до стаята ми и да ми донесеш очилата“.

Кейти се изниза навън и тръгна по коридора. Той махна на Бенджамин и Ел да се приближат и им съобщи тъжната новина.

✳✳✳

Бедната Кейти - каза Ел със сълзи в очите.

Бенджамин не каза нищо.

„Сержант Милър ще дойде със съветника, за да каже на Кейти. Те биха искали да сме тук, за да я подкрепим. Консултантката ще овладее ситуацията, тя е обучена да помага на деца в травматични ситуации“.

„Кейти ще бъде с разбито сърце, горкото мило. Какво ще стане с нея?“

„А след като й кажат, какво ще стане тогава?“ Бенджамин каза, раменете му се свиха. Тялото му се срина в себе си, сякаш току-що беше получил удар в корема. „Ще я вземат ли, ще я изпратят ли да живее при приемни родители - искам да кажа, при непознати?“

„Тя е щастлива тук“, каза Ел.

„С изключение на инцидента с прозореца и кошмарите“, каза Ейб.

„След като разбере, че майка й я няма, това вече няма да е в нашите ръце. Може да има роднини - каза Ел.

„Ако не, ще отиде в системата за приемна грижа. Тя не може да отиде в системата - каза Бенджамин.

„Тя е при нас от няколко дни, сержант Милър ще се погрижи Кейти да е приоритет, а той ни познава".

„Обичаме Кейти - каза Ел.

Кейти пристигна в стаята с очилата на Ейб. Той се наведе, за да може тя да ги сложи на лицето му.

„Благодаря ти, малката - каза той, като я потупа по главата.

Ейб, Ел и Бенджамин образуваха кръг с Кейти в средата. Те я вдигнаха и я завъртяха наоколо. Тя се захили, отметна глава назад и си представи, че лети.

ГЛАВА 40

ЛОШИ НОВИНИ

Почукване на вратата прекъсна веселието им. Сложиха Кейти на пода, а Бенджамин и Ел застанаха зад нея. Всеки от тях беше сложил ръка на рамото ѝ. Ейб отиде да отвори вратата и след малко се върна със сержант Милър и съветника.

Бенджамин затегна хватката си върху рамото на Кейти.

„Всички ме познавате - каза сержант Милър. „С изключение на теб, Кейти, аз съм стар приятел на „Джулиъс“. А това е съветникът Бригс. Тя работи с мен долу в полицейското управление“.

Ейб стисна мъжествената ръка на Бригс, а Кейти, Ел и Бенджамин останаха на мястото си.

„Имате прекрасен дом - каза Бригс по посока на Ел.

Бригс беше висока почти колкото Милър и с такива рамене изглеждаше така, сякаш би могла да играе лайнбекър в „Пакърс“. Ягодовата ѝ коса изглеждаше така, сякаш си е пъхнала пръста в гнездото, след което е нанесла лак за коса. А лицето ѝ, вместо да е кръгло или овално, беше направено квадратно от бретона, косата и липсата на врат. Носът ѝ не беше в центъра, така че човек никога не можеше да бъде сигурен дали кръстосаните ѝ зелени очи гледат към него, или към този, с когото говори. Бригс напредна към Кейти, която се скри зад Бенджамин и Ел.

Милър каза: „Кейти, съветникът Бригс, Елинор, иска да ти каже нещо. Това е важно."

Кейти остана там, където беше, докато Бенджамин и Ел не я хванаха за ръцете.

„Аз ще ѝ кажа" - каза Ел, докато двамата с Бенджамин я водеха към стола. Когато се изправиха лице в лице, Ел каза: „Кейти, скъпа, майка ти отиде на небето".

Бригс се намеси. „Майка ти е починала, Кейти."

Ел взе Кейти в прегръдките си.

„Кейти", каза Бригс и се наведе, за да я докосне по гърба. „Разбираш ли? За майка ти? Нещо, което би искала да ме попиташ? Няма нищо страшно, ако искаш да поплачеш."

Кейти не каза нищо, премести се на другия край на стаята, където протегна ръце и започна да се върти. Изглеждаше така, сякаш се преструваше на вятърна мелница.

„Тя не е мъртва" - запя тя на една твърде позната мелодия - Frere Jacques.

Бенджамин със сълзи, стичащи се по бузите му, я взе в прегръдките си.

През цялото време Кейти крещеше: „Тя не е мъртва! Тя не е мъртва!", докато удряше малките си, стиснати юмручета в гърдите му.

Бенджамин я остави да изкара цялата си болка, използвайки го като боксов чувал. Когато се освободи от всички емоции и се изтощи, тя се свлече в ръцете му като парцалена кукла. Той я отнесе в стаята ѝ и я сложи в леглото. Тя затвори очи. От време на време се промъкваха сълзи, той ги избърсваше и държейки ръката ѝ, я гледаше как заспива.

В коридора Бригс се обърна към Ел: - Кейти вече е подопечна на съда. Те ще решат какво е най-добре за нея."

„Тя току-що загуби майка си - каза Ел и стисна юмруци толкова силно, че ноктите ѝ пробиха кожата. „Каква жена си ти?"

„Уау. Тя само си върши работата, Ел - каза сержант Милър.

„Ще ти трябва съдебна заповед, за да я отстраниш от дома ми" - каза Ейб.

Сержант Милър погледна стария си приятел. „Чакай сега, Ейб. Нямаме намерение да нахлуваме в стаята ѝ и да я изтръгваме от леглото ѝ. Тя току-що е загубила майка си и не бихме го направили нито на нея, нито на което и да е дете, нито сега, нито някога. Освен това тя ви познава и е по-добре да е на познато място с хора, на които има доверие и които познава".

„Сега тя е част от нашето семейство", каза Ел.

„Да, но тя не е твое дете“, каза Бригс. „Освен това има закони и протоколи, които трябва да се спазват“.

„Ти си студена жена“ - каза Ел, като се изправи пред Бригс.

Милър ги дръпна от себе си. „Ще си поговоря с нея“ - каза той на Ел. След това към Бригс: „Можем да поговорим за това навън“.

Бригс сложи ръце на хълбоците си. „Разбира се, можем да продължим тази дискусия навън.“

Тя направи крачка към вратата, след което каза на Ел и Ейб: „Така че вие сте наясно с процедурата. След като подам документите, съдията ще реши каква ще бъде следващата стъпка. Нормалната процедура е детето да бъде предадено. Обикновено в рамките на следващите двадесет и четири до четиридесет и осем часа. В противен случай ще бъде наложена глоба за възпрепятстване, застрашаване и евентуално дори затвор. Всичко зависи от съдията, на когото е възложено делото на Кейти“. Тя им обърна гръб и се насочи към изхода.

„Казва се Кейти - обади се Ел след нея.

Милър се извини обилно, докато следваше Бригс през вратата.

ГЛАВА 41

MILLER И BRIGGS

Милър щракна вратата на колата си и я отвори. След като влезе вътре, той я затвори с трясък. След като пое няколко дълбоки вдишвания, той отключи пътническата врата, за да пусне Бригс в автомобила. Докато тя закопчаваше предпазния си колан, той разби стиснатите си юмруци върху волана. „Не трябваше да си толкова строг към тях".

„Те са се привързали прекалено много, към дете, което не е тяхно. Дете, което принадлежи на семейството, а не на случайни непознати. Повече от всякога тя се нуждае да бъде с кръвни роднини, а не с желаещи да бъдат роднини."

„Ами ако няма кръвни роднини?"

Бригс поклати глава. „Ако не потърсим, никога няма да разберем. Наш дълг към детето е да ги потърсим. Да не оставяме камък върху камък. Да гарантираме, че то ще получи най-добрите грижи с хора, които ще му помогнат да се справи със скръбта си".

„Те я обичат, превърнали са я в част от семейството си и аз ги познавам от години“.

„Знам, че сте, но има нещо. Нещо не е наред. Не мога да го напиша с пръст, но е там.“

Докато излизаше от алеята, Милър си пое още веднъж дълбоко въздух. „Но ако не бяха те, тя можеше да бъде отвлечена или убита. Те я спасиха, спасиха я. Бог знае какво щеше да се случи с нея, ако беше останала сама на крайбрежието цяла нощ. Знаеш какъв е районът след стъмване. Наркомани и проститутки. Детето е имало проклет късмет, че семейство Джулиъс я е намерило, прибрало я е и се е отнасяло с нея като със свое дете.“

„Разбирам откъде идвате, сержант Милър, но дори и вие трябва да осъзнаете, че детето трябва да е приоритет тук. А аз трябва да следвам инстинктите си.“

Той беше толкова ядосан, че не можеше да говори, затова вместо това заби нокти в кожения протектор на волана, докато тя продължаваше да се вайка.

„Вие сте в полицията от години и репутацията ви е изключителна. И все пак позволяваш на собствените си емоции да си играят с теб. От това, което чух, сте позволили на полицията да плати сметката, издирвайки дете, чието местонахождение сте знаели от дни? Дори сте се престрували пред пресата, че все още търсим не само майка й, но и Кейти. Както много добре знаете, и в двата случая действията ви бяха в разрез с процедурите."

Милър заби нокти в протектора на волана. Затаи дъх и се съсредоточи върху пътя. Ако не го направеше, щеше да се разгневи изключително много и... не искаше да губи контрол, когато тя му обръщаше ключа. Опитваше се да го накара да изгуби самообладание, като поставяше под въпрос почтеността му. Той я превъзхождаше във всяко едно отношение и въпреки това тук тя се измъкваше като...

„О, разбирам" - каза тя. „Те са твои приятели и не могат да имат дете, така че, ей така, ето го детето на всички, което никой не иска".

Милър натисна спирачките, когато светофарът премина от кехлибарен в червен. „С кого си мислиш, че говориш?" - поиска той. „На първо място, никой, както ти го наричаш, „не плаща сметката". Всъщност аз спазих протокола и докладвах на Окръжния прокурор за това, че Кейти е останала при Ейб и съпругата му. Той ми каза да наблюдавам ситуацията, което и направих. А когато се включиха и полицаите от RCMP, ги уведомих къде е тя. Спазвам протокола."

Тя поклати глава: „Съжалявам, това не е лично. Затова съществува системата, за да защитава онези, които не могат да се защитят сами".

Той потвърди последното ѝ твърдение с кимване, знаейки, че е вярно. Оставянето на Кейти там, където е, имаше смисъл, но Бригс беше прав за едно нещо - правилата си бяха правила. Фактите бяха следните: двойката беше в напреднала възраст и това можеше да повлияе на съдилищата.

„Това е моята юрисдикция - каза Милър. „Не ми размахвайте наръчника с правила. Аз спазвах правилата, докато вас все още ви бутаха в детска количка“.

Бригс се засмя.

Той продължи, вече по-спокоен. „Системата има своите недостатъци, детето, Кейти, не се е изгубило в системата. Тя беше предадена на грижите на семейство Джулиъс, които са стълбове в нашата общност“.

Бригс замълча за малко. „Дадена е думата, срещу която възразявам. Едно дете не е кученце, което да бъде предадено. Един съдия трябва да разгледа фактите и да реши този случай. Съдията ще види нещата в черно и бяло. Няма да се влияе от емоции“.

„Бих гарантирал за Ейб и Ел. По дяволите, ако умра, не бих могъл да се сетя за по-добра двойка, която да се грижи за собствените ми деца - тоест, ако те все още бяха деца. Моите вече са пораснали.“

„Не става въпрос за вас, сержант Милър. Това не е твоя битка.“

Милър замълча. Тя беше права за друго: това не беше неговата битка. Все пак той познаваше Ейб и семейството му.

Милър остави Бригс до паркираната ѝ кола и се отправи към участъка. Тя го караше да бъде толкова ядосан, бесен. Това, което мразеше най-много, беше колко права беше тя. От една страна, повечето съдии не биха се интересували от Ейб и Ел и от това на колко години са.

От друга страна, те не биха се замислили за така наречените инстинкти на съветника Бригс. Особено не и ако той влезе там и пръв пледира по делото на Джулиъс. Той прецени, че на Бригс ще му трябват поне трийсет минути, за да се върне в офиса. Плюс-минус в зависимост от трафика. Междувременно щеше да задейства план за действие.

Обратно в офиса Милър щракна върху базата данни и прочете доклада на офицер Лейн. Той въведе актуализирано допълнение:

Дата, час. Сержант Алекс Милър и съветникът Елинор Бригс се срещнаха в къщата на семейство Джулиъс, където Кейти Уокър е отседнала, откакто майка ѝ е изчезнала на Дата, час. С Ейб, съпругата му, Ел и приемния им син - той набра над приемния - добави осиновения.

Спря, тъй като не беше сигурен дали момчето все още е приемно, или осиновено. Написа отново приемен син, докато Кейти беше информирана за смъртта на майка си.

Според мен детето трябва да остане в семейството на Джулиъс. То ги познава и е изградило доверие. Преместването ѝ в този момент на скръб в непозната среда, при хора, които не познава, би било жестока и ненужна промяна и би могло да се отрази на шанса на момиченцето да преживее загубата на майка си.

Той спря да пише и препрочете текста. Чувстваше нужда да обърне внимание на интуицията на Бригс. Истината беше, че единственият човек, който беше разстроил детето, беше самата Бригс.

Той щракна с мишката върху затворения файл.

Милър се обади по телефона на свой приятел съдия Андерс, който предложи да се насрочи предварително изслушване. Андерс се съгласи, че няма причина детето да бъде издирено.

„Помолете ищеца да дойде в сградата на съда след един час - каза Андерс. „И ще можем да задвижим нещата".

„Благодаря ви", отвърна Милър. Той закачи слушалката и се обади на Ейб, като му обясни спешната необходимост да дойде в съда. „Срещнете се с мен на входа, колкото се може по-бързо. Ще се видим заедно със съдия Андерс в кабинета му и ще оправим документите". Той се поколеба, след което продължи. „Потърсих една услуга, която се надявам да е достатъчна, за да можеш да задържиш Кейти със себе си" - каза Милър. „Така че не закъснявайте."

„На път", каза Ейб и поръча такси. В момента, в който се качи в автомобила, още преди да е успял да закопчае колана си, той нареди на шофьора да го закара до сградата на съда по най-бързия начин.

„Ако ми издадат фиш, вие трябва да платите сметката“ - казал шофьорът.

„Не ви казвам да нарушавате закона, а просто да стъпвате на него и да избягвате най-натоварените маршрути“.

„Разбира се“ - отвърна шофьорът.

***

Сега, обратно в кабинета си, Елинор Бригс преглеждаше онлайн досиетата на детето на име Кейти Уокър. Бинго, тя откри скорошен доклад, написан от офицер Лейси Лейн. В него Лейн казва, че Кейти сънува кошмари и ходи насън. В един от случаите дори се е самонаранявала. Ел Джулиъс се грижи за нея, без да вика линейка, като твърди, че е квалифицирана медицинска сестра.

Към оригиналния документ тя напечатала следното допълнение:

Дата, час. Консултантът Елинор Бригс и сержант Алекс Милър посетили дома на Джулиъс, където Кейти Уокър била информирана за смъртта на майка си. Присъстваха също Ейб, Ел и Бенджамин Джулиъс.

Кейти беше отседнала при тях след изчезването на майка ѝ на Дата. Детето прие новината толкова добре, колкото можеше да се приеме при тези обстоятелства.

Ел Джулиъс обаче стана враждебен, когато Бригс се опита да общува директно с детето. След като прочете доклада на офицер Лейн, мнението на този съветник е, че споменатите кошмари може да са пряк резултат от прекалената майчинска грижа на г-жа Джулиъс. Това е обезпокоително, тъй като майката на Кейти, до днес - се смяташе за жива. Затова препоръчвам Кейти Уокър да бъде незабавно изведена от дома на Джулиъс. За предпочитане е да бъде преместена в дом с кръвен роднина.

Тя спря да пише и се замисли за момент. Дали прочитането на тази информация хвърли някаква светлина върху интуитивното усещане, което имаше? Реши, че не. Все пак сега разполагаше с повече информация, която щеше да направи случая ѝ по-силен.

Бригс беше сигурна, че повечето съдии ще последват препоръките ѝ и ще вземат малката Кейти Уокър на провинциални грижи.

Тя натисна бутона ИЗПРАТИ.

ГЛАВА 42

BRIGGS ПРОПУСНАТА ВЪЗМОЖНОСТ

Един приятел, който работеше в кабинета на съдия Андерс, дължеше услуга на Елинор Бригс. Тя ѝ се обади и я запозна със ситуацията. „Кучи син“ - възкликна Бригс. Андерс не беше от съдиите, на които можеш да звъннеш и да преговаряш с тях. Единственият начин да се срещнеш с него беше лице в лице. Тя избяга от сградата, слезе до колата си и се отправи към сградата на съда.

Бригс не можеше да повярва, че Милър ще протегне ръка на съдия, камо ли на такъв, с когото никога не се е виждала очи в очи. Макар че, като се замисли, не смяташе, че Милър ще разбере, че са си натъкмили главите. От друга страна, в участъка се разнасяха слухове. Хората говореха. Сплетничеха като във всяка друга кариера. Това беше твърде голямо съвпадение.

Милър трябваше да знае. Тя зави зад ъгъла и изсвири с гумите си, когато светлината на светофара стана жълта.

Тя удари с юмруци по волана. Все още не можеше да повярва, че именно съдия Андерс заседава на това предварително изслушване. Той беше известен със своята снизходителност и обичаше историите, които го дърпаха за сърцето. Беше добър, честен и справедлив съдия, но носеше сърцето си на ръкава - някои смятаха, че това е най-доброто му качество като съдия. За Бригс спазването на правилата по правилата беше единственият начин да работи. Ако само Андерс знаеше за кошмарите и за това, че госпожа Джулиъс се преструва на медицинска сестра - това можеше да промени всичко.

Бригс стигна до кабинета на съдията, точно когато Милър и Ейб излизаха.

„Закъсняхте - каза Милър. „Съдия Андерс одобри молбата ни Кейти да остане при Джулиъс за един месец. Той ще разгледа отново случая, когато срокът изтече".

Бригс си проби път през двамата мъже, влезе в кабинета на Андерс и затвори вратата след себе си.

„Той няма да се зарадва, че го отгатват" - каза Милър, докато двамата с Ейб напускаха сградата.

ГЛАВА 43

ABE И MILLER

Милър беше доволен от резултата, докато караше Ейб към дома. Единственото нещо, което можеше да промени нещата за Кейти през следващия месец, беше, ако се появи неин роднина. В противен случай детето щеше да остане под тяхна опека за неопределено време.

Ейб беше тих, докато колата не спря пред дома му. „Какво ще стане, ако Бригс постигне своето и Кейти бъде изпратена да живее с напълно непознати хора?“

„Спечелихме съдебно решение в наша полза, нека не се тревожим за това сега“.

„Но аз се притеснявам. Сигурен съм, че Бенджамин и Ел също ще се притесняват. Трябва ли да кажем на детето, че може да бъде с нас само един месец? За да я подготвим?“

„Един месец за малко момиче като Кейти е много време“ - каза Милър. „А тя все още скърби за майка си.“

„Предстои ни труден път, но ви благодаря“ - каза Ейб, излизайки от колата. Той махна с ръка, докато сержант Милър се отдалечаваше.

„Предстои ни труден път, но ви благодаря“ - каза Ейб, излизайки от колата. Той махна с ръка, докато сержант Милър се отдалечаваше.

ГЛАВА 44

KATIE

Когато Кейти се събуди, тя се взираше в тавана. Малките розови листенца изглеждаха още по-красиви днес, когато ги огряваше слънцето. Тя наблюдаваше червените листенца, които танцуваха във въздуха, търкаляха се и се мятаха като във филм.

Ел спеше твърдо до нея, а Бенджамин спеше на стола. Тя си спомни, че се беше случило нещо прекрасно, а после и нещо не толкова прекрасно.

Тя затвори очи и се опита да си спомни и хубавото, и лошото. Мислеше си за мъжа в полицейска униформа и за страшната жена. Потръпна, като си спомни, че жената я беше сграбчила.

После си спомни. Лошата жена каза, че майка ѝ е мъртва, но тя не беше. Тя се разплака.

Бенджамин и Ел затвориха детето в ръцете си.

„Тя не е мъртва - каза тя с насълзени очи.

„Всичко ще бъде наред“, каза Ел, борейки се със сълзите си.

„Ние сме тук за теб“, успокои я Бенджамин.

Бенджамин знаеше, че не може да отнеме болката ѝ, тя беше нейна и само нейна. Самият той беше изпитал същата болка от загубата. Така разбра, че може да ѝ помогне, като сподели болката ѝ, както Ейб беше направил за него преди много, много време. Тогава беше излял болката си в Ейб, а сега щеше да позволи на Кейти да излее болката си в него.

ГЛАВА 45

KATIE

Когато Ейб влиза вътре, намира Бенджамин и Ел в стаята на Кейти.

„Трябва да говоря с теб, Ел“, прошепна той.

Тя излезе, оставяйки Бенджамин и Кейти с открехната врата.

Ейб хвана съпругата си за ръка и я поведе по коридора.

„Отнемат ли я от нас?“ - попита тя.

„Ела с нас в кухнята, когато ще можем да поговорим както трябва.“

Бенджамин се беше събудил и се беше ослушвал, докато не се отдалечиха в кухнята.

„Не, днес имахме победа, тя може да остане при нас поне още месец, а може би и неопределено време.“

„Радвам се, че не се налага да я преместваме. Тя не е във форма, за да бъде изведена да живее с непознати. Не бих могъл да го понеса.“

„Това е само временно, но благодарение на застъпничеството на сержант Милър е победа.“

„Трябва да кажем на Бенджамин.“

Отидоха в стаята на Кейти. Тя спеше, а Бенджамин, от друга страна, го нямаше никъде. Връщайки се в стаята на Кейти, Ел погали главата на момиченцето. Тя отметна завивките: това беше куклата, а не Кейти. „О, не!“ - възкликна тя.

Възрастната двойка претърсила всички стаи в къщата, а след това отишла в градината. Все още нямало следа нито от Кейти, нито от Бенджамин.

„Къде може да са отишли?“ Ел попита.

„Не знам“, каза Ейб.

„Тя беше толкова разстроена. Бяхме я успокоили едва преди ти да поискаш да говориш с мен.“ Тя изтръпна. „Може би Бенджамин си е мислел, че ще я отведат, и затова я е взел, преди да успеят. Когато ме извика от стаята... Сигурно си е помислил.“ Тя заплака в ръцете си.

„Не може да са отишли далеч.“

ГЛАВА 46

BENJAMIN И KATIE

Понесе спящото дете на ръце и се качи в поръчаното от него такси.

„Сестра ми заспа, преди да успея да я закарам вкъщи - обясни той.

Шофьорът сви рамене.

Бенджамин погали косата на Кейти, докато тя спеше. Да я вземе, беше единственият начин да я предпази. Навсякъде наоколо имаше опасности. Опасности, от които само той можеше да я предпази.

Четиридесет и пет минути по-късно, в другия край на града. „Можеш да ни оставиш тук“, каза Бенджамин.

„Тя определено спи спокойно“, каза шофьорът. Той излезе и отвори вратата. Бенджамин постави няколко банкноти в ръката му.

Човекът на вратата я отвори и той прибра ключа. В асансьора Кейти се размърда за миг, после отново заспа.

Пристигайки на седмия етаж, той отвори вратата и внимателно я сложи на леглото. Затвори завесите, сложи одеяло върху нея и седна на един стол близо до леглото. Задряма.

„Какво стана? Къде съм?" Кейти попита, разтривайки очите си, и се опита да се измъкне от леглото. Без да може да го направи, тя остана на възглавницата. Бяха минали няколко часа и тя се намираше на непознато място. Място, което миришеше на захарен памук и изгорял тост.

Бенджамин изчака Кейти да се опомни, преди да я заговори. След като лекарствата, които й беше дал, бяха подействали, той можеше да говори с нея. Да й обясни нещата. Да я успокои.

Не искаше тя да крещи. Някой можеше да я чуе, ако крещеше. Тогава щеше да се наложи да я нарани. Той не искаше да я наранява.

ГЛАВА 47

ABE И EL

„Мисля, че е по-добре да се обадим на сержант Милър и да му съобщим - каза Ейб.

Ел го спря. „Защо? Всичко ще бъде наред. Той ще я върне обратно. Тя няма да е отишла далеч, не и без куклата си.“

„Имам лошо предчувствие за това“, каза Ейб. „Обаждам се на сержант Милър.“ Той стана и отиде до телефона. Вдигна го и започна да набира номера.

„Прав си, Ейб.“ Тя се приближи до него точно когато съпругът й постави телефона и му обърна гръб, за да си тръгне. „Ние трябва да сме тези, които да съобщят за това. И двете деца са изчезнали“.

Тя следваше плътно по петите съпруга си. „Това е наша отговорност. Трябва да намерим децата, и то бързо.“

„И ще го направим, няма нужда от паника.“

„Може би“, каза Ел, докато Ейб отново сложи телефонната слушалка. „Може би. Но...“ Ел тръгна към входната врата. „Излизам навън, за да ги повикам. Може би се крият. Играят си на криеница.“

Ейб я хвана за ръката. Издърпа я обратно вътре, в дневната.

Ел наблюдаваше мълчаливо как съпругът ѝ се разхожда и с всеки изминал миг става все по-разтревожен.

ГЛАВА 48

KATIE

На един стол до леглото седеше Бенджамин. Приличаше на Бенджамин, но после не приличаше. Беше размазан и далечен.

Къде беше Ел? Къде беше Ел?

Тя погледна към тавана, в тази стая нямаше танцуващи розови листенца. Стаята започна да се върти, докато стомахът ѝ се издигаше до гърлото.

Бенджамин беше до нея и държеше кофа с лед, в която тя повръщаше. Когато тя свърши, той отиде в банята и изплакна съдържанието на кофата в тоалетната. Пусна хладка вода върху една кърпа и се върна, за да я постави на челото на детето.

„Вече е по-добре?“ - попита той, докато телефонът му вибрираше. Обаждаше се Ейб. Той изключи телефона си и извади батерията. Постави го на земята и го стъпка, след което хвърли останките в кошчето за боклук.

Кейти го наблюдаваше мълчаливо, докато се върне. „Да, благодаря ти“, каза тя. Той седна на края на леглото и я погледна. „Къде сме? Къде е майка ми? Искам мама! А къде са Ейб и Ел? Искам Ел.“

Бенджамин се обърна и се изправи. „Те трябваше да си тръгнат. Както майка ти трябваше да си отиде.“ Той се премести през стаята и падна на един стол. Издърпа краката си нагоре, така че да седи в стил йога, след което затвори очи, сякаш възнамеряваше да медитира.

Кейти се разплака.

Той отвори очи. „Сега сме само ти и аз, ти и аз, дете.“ Той отново затвори очи и покри лицето си.

Кейти започна да ридае: „Искам си мама. Искам си мама!“

Бенджамин се придвижи по пода към нея.

Тя се отдръпна от него, като се обгърна с ръце.

ГЛАВА 49

EL И ABE

Ел ставаше все по-нетърпелива от бездействието на Ейб.

„Трябва да направим нещо, сега“, каза тя. „Времето тече и всичко може да се случи. Съжалявам, че не те спрях да се обадиш на Алекс. Иска ми се...“

Тя посегна към телефона.

„Недей - каза Ейб и я хвана за ръката. „Просто недей.“

ГЛАВА 50

ИНТУИЦИЯ

Когато сержант Милър се върна в кабинета си, на бюрото му чакаше досие. Той прелисти доклада, който потвърждаваше, че името на мъртвата жена е Маргарет (Маги) Монахан. Той спря и седна на стола си. Изчака. Майката на Кейти се казваше Дженифър Уокър. Но ДНК докладът съвпадаше с този на Кейти.

Той се наведе напред и продължи да чете за Маргарет Монахан. Когато пръстът му премина по биографията ѝ, той потвърди връзката: сестра. Маргарет Монахан беше брачното име на сестрата на Дженифър Уокър.

Той продължи да чете, откривайки, че и двамата родители са починали преди раждането на Кейти. Така че тя никога не беше срещала баба си и дядо си.

Помисли си за реакцията на Кейти на тази новина. Как тя категорично отказваше да повярва - и беше права.

Милър излезе от кабинета си, защото трябваше да отиде някъде, но все още не знаеше защо. Името на Ейб изникна в главата му. Защо? Той му се обади. Не отговаря. И все пак нещо го тормозеше. Отиде до колата си, натисна сирената, която раздели движението от всички страни, докато отиваше към къщата на Ейб.

Когато спря на алеята, веднага забеляза, че входната врата стои широко отворена. На витрината на съседния магазин имаше надпис ЗАТВОРЕНО.

Милър влезе вътре, като извика: - Има ли някой вкъщи? Това е Алекс Милър. Ейб? Ел?"

Къщата беше подредена и тиха. Не се чуваха звуци от телевизора или радиото. Но нещо наистина не беше наред, усещането му беше правилно. Той извади оръжието си и заобиколи ъгъла, водещ към всекидневната.

На пода лежеше тяло: тялото на Ел Джулиъс.

ГЛАВА 51

АВЕ

След като се опита да се обади на Бенджамин - без отговор - Ейб излезе на улицата и спря такси.

„Вземи ме на гарата" - поиска той, бъркайки в портфейла си. В бързината беше забравил да вземе допълнителни пари. Щеше да ги вземе на гарата.

„Разбира се", каза шофьорът и включи радиото.

Ейб се опита да звънне на Бенджамин отново, но без успех. Дали момчето щеше да е толкова идиотско, че да заведе детето на тайното им място?

ГЛАВА 52

KATIE И BENJAMIN

Бенджамин сложи ръка на рамото на Кейти и двамата седнаха един до друг на леглото, без да говорят. Тя се втренчи в него.

„Бенджи", каза тя, като обгърна с ръце кръста му.

Той я целуна по върха на главата. Напяваше приспивна песен, докато тя отново заспа. Той запуши ушите си. Мразеше звука от бръмченето на минихладилника. Той извади щепсела от стената.

ГЛАВА 53

MILLER И EL

„Господи, Ел - каза Милър и падна на едно коляно, за да усети пулса ѝ. Той беше там, слаб, но беше там. Той притисна главата ѝ в ръката си и тя отвори очи.

„Кой ти направи това?"

„Ейб", прошепна тя.

Милър се наведе по-близо, не беше чул правилно. Дали е чул?

„Ейб. Беше Ейб - каза тя, очите ѝ се завъртяха в главата, докато със свободната си ръка набираше 911 в телефона си.

След като линейката отпътува с писък на сирена, сержант Милър се опита да намери Ейб, Бенджамин и Кейти. Къде бяха те? Дали всички заедно бяха заминали някъде, оставяйки Ел в това състояние?

Докато Милър преглеждаше всичко, без нищо да има и грам смисъл, телефонът му иззвъня. Надяваше се някой да знае нещо. И Ел щеше да се оправи. Трябваше да е добре.

„Съжалявам, сержант, но тя получи сърдечен арест - каза шофьорът на линейката. „Не успяхме да я спасим.“

„О, не“ - каза Милър и прекъсна връзката.

Трябваше да обмисли това. Трябваше да прочисти главата си. Трябваше да намери Кейти Уокър и да ѝ каже, че е права. Майка ѝ наистина не беше мъртва, но Ел беше. Как щеше да им съобщи новината?

Милър се обади в участъка и помоли да изпратят скип, който да проследи всички входящи обаждания.

„Колкото е възможно по-скоро - имам предвид вчера“ - каза той.

Минути по-късно екипът вече пътуваше към къщата на Джулиъс.

ГЛАВА 54

BENJAMIN И KATIE

Притиснал главата на Кейти, Бенджамин се люлееше напред-назад и напред-назад. Той се преструваше, че са в люлеещ се стол, въпреки че не бяха в него. Вместо това се намираха на тайното място. Тайното място, където отиваха всички забравени деца.

Другите деца тичаха и играеха, а Кейти спеше нататък. Бенджамин им махна с ръка, после сложи пръсти на устните си.

„Шшшш“, прошепна той.

Играеше си с косата ѝ, мислейки си как ще обясни решението, което е взел. Не за първи път водеше някого на тайното място: мястото в картината „Слънчогледи“ на Ван Гог.

Но Кейти беше най-младата, така че трябваше да подбира всяка дума внимателно, обмислено. Осъзнаваше, че когато се събуди за първи път, тя ще се уплаши. Затова и ѝ беше дал още от сънотворното, докато реши какво да прави. Надяваше се, че преходът ѝ ще бъде спокоен и лесен. Тъй като и тя вече беше сираче. Те щяха да бъдат заедно с другите деца. Никой не трябваше да бъде сам, не и тук, в този нов свят.

Той си спомни първия път, когато се събуди в света на Ван Гог. Абе никога не беше предполагал, че е извън тялото си, докато старецът правеше гнусни неща с него.

И сега никога нямаше да разбере. Защото той, Кейти и останалите бяха безопасно скрити в новия свят, където на възрастните не беше позволено да ходят.

ГЛАВА 55

АВЕ

Пристигайки на гарата, Ейб погледна разписанието. Купи си билет, след което синхронизира часовника си с очакваното време на пристигане. Трябваше да почака известно време. Да чака и да се тревожи. Премина през перона, седна на една празна пейка и започна да преглежда тревогите си една по една. Този метод за справяне с всеки проблем беше ценна стратегия за него в миналото.

Първо, той направи мислен списък, като започна с Ел, Бенджамин и завърши с Кейти. Това беше кратък списък, с който лесно можеше да се справи бързо.

Инцидентът с Ел беше злополучен. Тя реагира прекалено остро, което накара и него да направи същото. Ако само го беше оставила да се справи с нещата.

В миналото го беше правила, като по този начин избягваше конфронтацията. Той не я беше ударил силно. Беше просто любовно докосване. Тя щеше да се възстанови и да прости на всички, както правеше винаги. Той набра номера вкъщи, за да я провери.

„Здравей - излая един глас, мъжки глас, докато Ейб си проправяше път към банкомата. После, след като изтегли малко пари, провери на кой перон ще пристигне влакът му и се отправи натам.

Ейб не проговори, защото беше зашеметен от мълчанието, когато разпозна гласа на Алекс Милър в другия край. Какво прави той там? Ел ли му се беше обадил? Дали възнамеряваше да повдигне обвинения срещу него? Никога не би го направила в миналото, защото винаги са се разбирали между двамата.

„Ейб ти ли си? Ел е мъртва. Абе? Абе?“

Ейб не можеше да повярва. Ел не можеше да е мъртъв. Той пусна телефона и той се удари в асфалта. Чу, че Алекс вика името му, и вдигна слушалката. Слава богу, той все още работеше.

„Тя какво е? Не, не може да е!“

Зад него екипът от полицаи на Милър проследяваше местонахождението на Ейб, опитвайки се да накара телефона му да се синхронизира и да излъчи местоположението му. Офицерът използваше сигнали с ръце, за да покаже, че им трябва още време.

Милър каза. „Имаше лош удар по главата, извиках линейка, но не успя да стигне до болницата. Къде са децата? Нито Кейти, нито Бенджамин са в къщата. Къде сте вие?“

Ейб тръгна към стълбите, искаше да се прибере у дома. Трябваше да се придържа към плана. Да намери Бенджамин и Кейти.

Офицерът отново посочи на Милър да разтегли разговора, като го задържи на линията.

„Входната ви врата беше широко отворена, когато дойдох тук. Притеснявах се за теб, Ейб. Толкова отдавна сме приятели, че просто имах интуитивно усещане. Сякаш имаш нужда от мен или нещо подобно.“ Милър се огледа, бяха занулили местоположението му.

Той продължи. „Тъкмо си мислех за времето, когато ти и аз взехме двете ми момчета на лодката и отидохме да ловим малко риба? Помниш ли? Сега ми се струва, че е толкова отдавна, че би трябвало да го направим отново. Този път можем да вземем Бенджамин и Кейти. Ще им хареса. Не мислиш ли?“

Ейб каза. „Не мога да повярвам за Ел. Как може да е мъртва? Кой би наранил Ел?“ Той спря, после попита: „Тя каза ли нещо?

„Не, Ейб, тя беше в безсъзнание, когато пристигнах. Толкова отдавна съм в Силата и толкова отдавна сме приятели, предполагам, че сме свързани. Както казах, когато пристигнах, вратата стоеше широко отворена“.

Ейб вдиша.

„Добре ли си? Къде си? Ще дойда да те взема, ще искаш да я видиш, а и можем да намерим двете деца, те трябва да знаят“.

Прозвуча влакова свирка, последвана от звук на чакане.

„Трябва да тръгвам сега", каза Ейб. Старият му приятел бълнуваше - не нещо, което би направил при нормални обстоятелства. Ел беше казала нещо. Сега се опитваха да открият местоположението му. Той хвърли телефона си в кошчето за боклук.

„Чакай, Абе!" Милър изкрещя, той погледна към офицера.

„Имаме местонахождението му, на железопътната гара в източната част на града. Току-що проверих и влакът на перона потегли, но той все още е на перона".

„Изпратете ми местонахождението, веднага ще отида там."

„Ще го направя" - каза офицерът.

Когато се качи в колата си, той постави мигащата светлина на покрива. Настрои сирената да свири, което му позволи да се провре като по масло през натоварения трафик.

ГЛАВА 56

АВЕ И ЛОКОМОТИВА

Сега във влака Ейб седеше на място, далеч от другите пътници, за да може да мисли. Ел я нямаше. Тя беше мъртва. Той я беше убил, но това беше злополука. Не е искал да я нарани. Животът му не струваше нищо без нея.

На първата спирка той наблюдаваше пътниците на перона. Беше дразнещо да ги вижда как се разхождат като роботи, а цялото им внимание е насочено към телефоните им. Ако някой тръгнеше зад тях, можеха да го избутат на релсите. Щяха да са мъртви, преди да разберат какво се е случило. Тъжно е докъде беше стигнал светът. Ходещи роботи.

Ето защо толкова дълго време избягваше да използва мобилен телефон. Едва когато Бенджамин го научи на ползите от това да го имаш под ръка, той се опита да го използва. Когато се срещаха в кратки срокове, си пишеха съобщения. Съобщенията им бяха кодирани, така че никой друг да не разбере за какво си говорят. Беше вълнуващо, забавно.

Мислейки за смъртта на Ел, Ейб измисли история в ума си. Беше история, която щеше да разкаже на сержант Милър следващия път, когато го види. Щеше да започне, като разкаже на стария си приятел как Бенджамин, се страхувал, че ще вземат Кейти под опека. Бенджамин, който е бил малтретиран в приемната система. Как бедният и разсеян тийнейджър случайно е бутнал Ел. Ел беше паднала на пода. Как той самият е проверил и Ел е била в съзнание, след което, със съгласието на Ел, е избягал от къщата, за да намери Бенджамин, който е взел Кейти, след като е наранил Ел, и е побягнал.

Да, след всичко, което беше направил за момчето, щеше да го убеди да се съгласи с историята. Имаше си свои начини да убеди момчето да направи всичко, което искаше от него.

Някой се премести на седалката зад него: жена по миризмата на парфюма ѝ. Той се огледа, да, млада жена. Може би на двадесет и пет. На път за работа или за парти, помисли си той, цялата облечена до девет. Гледаше я как вади ябълка от чантата си и се разплака, когато тя отхапа една, а после няколко други. Тя дъвчеше с отворена уста. Малко ябълков сок се разплиска по врата му. Той го избърса. Отвратително и досадно. Тя хрупаше и дъвчеше. Хрупаше и дъвчеше. Той чакаше следващото хрускане, чакаше с напрегнати рамене, но то така и не дойде. Погледна назад, за да види защо, и откри, че жената се задушава.

„Някой знае ли маневрата на Хаймлих?" Ейб извика, но само той и жената бяха в каретата.

Той затвори уста, осъзнавайки, че с вика си е привлякъл вниманието към ситуацията, и за част от секундата, а може би и повече, му се прииска да остави жената да се задуши.

Когато останалите пътници се насочиха към тях, той удари силно жената по гърба и тя изплю ябълката на пода.

ГЛАВА 57

ПРЕСЛЕДВАНЕТО Е В ХОД

Милър се промуши през трафика. Той зае място на входа на жп гарата. Оставил е светлините си да мигат, за да не го задържат служителите на билетната служба. Изтича по стълбите.

„Почти сте там. Право напред. Точно вляво от вас - каза служителят по наблюдението.

„Единственото нещо на перона, освен мен, е кошче за боклук“, каза Милър. Той тръгна към него.

„Да, оттам идва сигналът.“

Сержант Милър си сложи ръкавици и сложи ръцете си в кошчето за боклук. Избутвайки настрани една бананова кора, той намери това, което търсеше: Телефонът на Ейб.

„Мога ли да ви помогна?“ - попита един кондуктор.

„Да, колко време мина от последния влак, който тръгна оттук?“

„Преди петнайсет минути, но не са стигнали далеч.“

Милър направи двоен завой. „Как така?“

Кондукторът продължи. „Влакът спря по спешност с един пътник на борда. Линейката е прибрала една жена и тя е на път за болницата. Жертва на ябълка, която се е забила в гърлото ѝ. Казват, че ще се оправи, просто я преглеждат, за да са сигурни за целите на застраховката“.

„Каква е била крайната дестинация на влака?“ Милър попита.

„Това е експрес, така че има само една спирка в края на линията“.

„Благодаря ви“, каза Милър. Той се втурна надолу по стълбите, в автомобила си и активира сирената.

ГЛАВА 58

АБЕ И ДОБРИЯТ САМАРЯНИН

Вече не е във влака, а Ейб държи ръката на жената, която е спасил. Двамата се намираха в задната част на линейката и пътуваха към болницата.

Малко след като тя изплю ябълката, линейката пристигна. Досадната млада жена отказала да се качи в превозното средство, освен ако Ейб не отиде с нея до болницата.

„Той е моят добър самарянин“, казала жената.

След като парамедиците вкарали жената в болницата на носилка, Ейб видял шанса си да избяга. Той извикал такси. Докато чакал на перона, шофьорът на линейката излязъл.

„Благодаря ви, че овладяхте ситуацията и спасихте живота ѝ“.

„Разбира се“, каза Абе през отворения прозорец. После се обърна към шофьора: „Оставете ме на ъгъла на Магнолия и Оук“.

Белият ван потегли, докато шофьорът на линейката влезе в кабината на автомобила си. По радиото се разнесе съобщение, в което всички шофьори се молеха да бъдат нащрек за мъж, отговарящ на описанието на Ейб.

ГЛАВА 59

MILLER И ABE

Телефонът на Милър иззвъня. „Току-що се обади един шофьор на линейка. Той каза, че мъж, отговарящ на описанието на Ейб, е тръгнал преди няколко минути с бял ван. Да, от болницата. Каза, че Ейб е спасил живота на една жена във влака".

„Звучи по-скоро като Ейб, когото познавам. Успя ли шофьорът да разбере номера на колата?"

„Не, но чу, че възрастният господин помолил да го закарат до ъгъла на Магнолия и Оук."

„Вече съм почти там" - каза Милър и прекъсна връзката. Той се зачуди какво има в околността - това беше добре известен мръсен район, където проститутките се редяха по улиците дори през деня.

Няколко пресечки по-късно един бял ван спря на светофара близо до Магнолия. Милър слезе от автомобила си и се приближи до страната на пътника. Ейб не беше пролетна птица, но не искаше да рискува, че може да избяга. В автомобила нямаше пътник.

Ейб показа личната си карта, след което попита дали е довел пътник, по-възрастен господин, на това място. Мъжът кимна. „Къде отиде той?“

„Излезе, на няколко пресечки назад. Плати ми в брой, след което каза, че ще извърви останалата част от пътя пеша.“

„Толкова близо“, каза Милър, докато се връщаше към автомобила си, после промени решението си и се премести на тротоара. Погледна нагоре-надолу - от Ейб нямаше и следа. Пресякъл улицата и направил същото и там и видял, че някой излиза от един магазин и носи чанта. Трябваше да пробяга няколко пресечки, за да го настигне - без да обръща внимание на светлините - но накрая го забеляза.

Милър наблюдаваше как старият му приятел се качва по стъпалата. Един портиер му отвори вратата, като му нахлупи шапката си.

Милър размаха значката си на портиера, след което влезе вътре. Вратите на асансьора се затваряха и се насочваха нагоре към седмия етаж. Той се замисли дали да не се качи по стъпалата нагоре, но вместо това изчака асансьорът да се върне отново надолу. Влезе, натисна бутона и след миг се озова на правилния етаж, където имаше четири врати, от които да избира. Коя беше тази на Ейб? И какво правеше той в апартамент в този район? Предпазливо се придвижваше от врата на врата, като се вслушваше с ухо, силно притиснато към вратата, за някакви звуци вътре.

Не чу нищо, докато не стигна до врата номер четири.

ГЛАВА 60

СТАЯТА

В стаята Ейб стоеше неподвижно, докато се опитваше да си поеме дъх. Дали беше изгубил ума си? За миг му се стори, че е забелязал Алекс Милър там. Нямаше как старият му приятел да го проследи - беше изхвърлил телефона си.

Той отвори чантата, разопакова новия си телефон и го включи, за да се зареди. След това извади два пакета с бонбони - любимите на Бенджамин. Изсипа ги в чиния, която постави на нощното шкафче.

Докато оглеждаше стаята, забеляза две чаши на масичката за кафе. Значи те са там или са били там. Осъзна, че е жаден, и си наля чаша хладка вода.

Изпи я, след това си наля втора чаша и я поднесе към челото си. Чувстваше се добре, затова я задържа на мястото ѝ, докато оглеждаше стаята.

Зад гърба му капеше чешмата. Той си спомни, че след един от многобройните им сеанси беше в леглото и Бенджамин спеше до него. Дори тогава кранът капеше. Трябваше да стане от леглото, да го затегне. Връща се в леглото и пак капе, капе, капе. Под мивката той намери ключ и отстрани проблема, но сега той отново се върна. Беше минало известно време, откакто бяха заедно.

Той седна на ръба на леглото. „Кейти? Бенджамин?" Нямаше отговор. Опита отново, като повдигна завивката, за да погледне под леглото. „Чувам те да дишаш." „Излез, излез, където и да си." Той се придвижи към балкона.

ГЛАВА 61

КАКВО Е ТОВА?

Изчакайте. Милър се запита дали Ейб е казал имената им на глас? Той доближи ухото си. Отново го чу - старецът викаше децата, сякаш играеха на криеница. Милър се почеса по главата. Тонът, който използваше Ейб, беше игрив и познат. Сякаш и преди беше правил такива неща.

Вътре в стаята чу стъпки, последвани от звука на врата, която се отвори и после се затвори. Той държеше ухото си притиснато към вратата, докато тоалетната пусна водата, кранът изсвири, вратата се отвори и стъпките си проправиха път през стаята, където скърцаше едно легло. Миг по-късно Милър чу силно хъркане. Жената на Ейб беше мъртва, а той дремеше.

ГЛАВА 62

НОЩЕН КОШМАР

Ейб сънува, че се е върнал у дома и е с Ел. В един момент те летят заедно в небето. В друг момент се гушкаха заедно на леглото.

Тя прошепна в ухото му: „Ейб.“

„Ейб“, прошепна Бенджамин.

„Бенджамин?“ - каза той, докато ставаше от леглото. Нямаше отговор.

Ейб отиде до гардероба. Той си спомни за Бенджамин преди години, когато за пръв път бе дошъл в дома им. Беше се страхувал от всички и от всичко и беше намерил утеха, като се беше скрил в гардероба.

„Знам, че си там - каза той, като плъзна вратата. Беше сигурно, че Бенджамин е там. Много, много назад до стената, седнал с кръстосани крака.

Ейб опипа стената, търсейки ключа за осветлението. Нямаше такъв.

„Излез, Бенджамин - подкани го той. „Донесох ти шоколад и бонбони: любимите ти.“ Въпреки това момчето не помръдна. Ейб се оттегли до мястото, където се зареждаше телефонът с горелка. Почти на половината път. Той изтегли приложението за фенерче. Изпробва го и то работеше добре. Промъкна се в килера, като телефонът му осветяваше пътя.

Бенджамин държеше нещо - очукана кукла. Ейб се насочи към нея с фенерчето. Нещото, което държеше, не беше кукла: това беше Кейти.

Той се приближи, приближи. Протегна ръка и докосна бузата на момчето, после на момичето - и двете бяха студени като камък. Той нададе вик, с който да събуди мъртвите.

ГЛАВА 63

ПРОБИВ

Милър изрита вратата с обутия си крак. Вече вътре, когато Ейб излезе от гардероба, той извади пистолета си от кобура. Подобно на зомби, той се поклащаше по пода, след което падна първо на колене, а после с лице надолу на пода.

Милър все още беше насочил пистолета си към Ейб, който хлипаше и хленчеше като човек, изгубил разсъдъка си. Милър се приближи, опитвайки се да разбере какво казва. Отначало не можа да го разбере, после чу: „Мъртъв. Мъртъв. Мъртъв.“

Обърна се към гардероба и тъй като вратата вече беше отворена, влезе вътре. Беше твърде тъмно, не можеше да види нищо. Излезе навън, използва тактическото фенерче на оръжието си и се върна вътре.

ГЛАВА 64

МЪРТВИ ТЕЛА

Фенерчето беше твърде силно за такова ограничено малко пространство. Лъчите се отразяваха и създаваха тъмни сенки, преди да се насочат към това, което беше там. Две деца: Бенджамин и Кейти.

Отначало си помисли, че спят. Прокара светлината по очите им. Първо момчето, после момичето. Вече беше сигурен. Беше го виждал толкова много пъти. Двете деца приличаха на труповете, положени на плочите в моргата.

Докосна лицето на Кейти и потръпна: то беше студено като камък. Бедното дете. Умряло, без да знае, че е било право за майка си. Бенджамин също беше студен.

Знаеше, че не бива да ги мести. Не биваше да нарушава мястото на последния им покой. И все пак, въпреки че знаеше, че е по-добре. Въпреки че осъзнаваше, че ще наруши доказателствата, той все пак го направи.

Милър първо трябваше да ги разплете. Ръцете на Бенджамин бяха обгърнали Кейти, сякаш се опитваше да я защити. Главата ѝ се полюшваше и опираше на рамото му. Косата ѝ, миришеща на мед, се допря до бузата му, докато я поставяше на леглото. Върна се до гардероба, като хвърли поглед на Ейб. Той все още лежеше на пода и гледаше напред като зомби. Милър вдигна Бенджамин и го сложи на леглото.

Поглеждайки към Ейб, почесвайки се по главата, той си помисли за собствените си деца. Как можеше да се случи това? Какво общо имаше това със смъртта на Ел? „Какво стана, човече?" - каза той на Ейб.

Ейб се изправи на колене. Нямаше сили да се изправи на крака. Главата му се отпусна, а очите му се взираха в пода.

Милър изкрещя: „Какво, по дяволите, се е случило тук?"

Ейб изхлипа, след което се свлече на килима. Той притисна цялото си лице в килима, сякаш усещането на грубия плат върху кожата му го успокояваше.

Милър се приближи, така че ботушите му докоснаха главата на Ейб. Той прошепна: „Кейти беше права - майка ѝ е жива."

„Какво?" Ейб отговори.

„Сега това няма значение", каза Милър. „Тя е мъртва. И двамата са мъртви."

Този път Ейб удари челото си в пода.

Милър си наля чаша вода. Той я изпи, но веднага се върна обратно, докато на заден план капеше чешмата. Той се замисли дали да не занесе вода на Ейб. Но не го направи.

„Изправи се, Ейб - изиска Милър. Когато той се изправи, Милър разтърси раменете му: „Обяснявай, човече".

Ейб започна да хленчи и да плаче. Той се сгромоляса на колене.

Милър отиде до гардероба, извади едно одеяло и го метна върху раменете на Ейб. Опита се да не мисли за децата, а се съсредоточи върху нещата, които трябваше да свърши. Трябваше да се обади на съдебния лекар и да задейства разследването. Защо се колебаеше? Какво чакаше? Нямаше смисъл - нищо от това. Децата бяха студени като камък - сякаш бяха мъртви от известно време - когато според Ел не можеше да ги няма отдавна. И така, какво се беше случило? Кой беше отговорен? Той се обади по телефона, като не предложи почти никакви обяснения. „Две починали деца: причината е неизвестна", каза той.

Докато чакаше да говори с командира си, той погледна двете деца на леглото. Изглеждаха уплашени - сякаш са били изплашени до смърт. Той поклати глава. Хората можеха да умрат от много неща, но не и от страх.

След като прекъсна разговора, той се върна при Ейб. „Какво, за бога, се е случило тук?" Той помогна на Ейб да се изправи на крака и го поведе към мивката за чаша вода.

Ейб отпи глътка, после каза: „Имам нужда от въздух!" Той прекоси стаята и открехна вратата, която водеше към балкона.

Милър застана между арките на вратата на терасата; страхуваше се старият му приятел да не скочи.

Отнякъде в стаята проплака дете.

Ейб и Милър се обърнаха към леглото, като добре знаеха, че звукът не идва оттам. И двамата мъже стояха неподвижно, с всички сетива нащрек, докато чакаха да чуят звука отново.

„Коронер" - каза гласът отвън, след като почука.

„Отворено е - каза Милър, когато пристигна екипът, включително съдебните лекари.

Милър погледна към Ейб, който седеше без изражение. Сините му очи изглеждаха още по-сини, скрити в призрачната му бледност.

„Какво имаме тук?" - попита един от членовете на екипа на съдебните медици.

„Две мъртви деца" - отвърна Милър.

Екипът се зае с осигуряването на доказателства.

Милър и Ейб стояха един до друг в очакване на звука: звука на хленчещо дете.

ГЛАВА 65

СЛЪНЧЕВИ ЦВЕТЯ

Ейб се надигна и се придвижи напред, като поклати глава, сякаш беше чул нещо.

Милър не чу нищо. Той отвори уста, за да каже нещо на Ейб, но сякаш беше в транс. Той размърда краката си по килима.

Ейб падна на колене, като изрева думите: „Съжалявам, Бенджамин. Толкова съжалявам. Всичко, което искам, е да си тук. Моля те.“ Тялото му падна напред, а главата му се облегна на килима.

Милър беше на две мнения. Едното беше да утеши стария си приятел, който имаше халюцинации. Другият беше да помогне на екипа - те почти бяха готови да сложат двете деца в чувалите за трупове.

Вместо това той не направи нищо, докато Бенджамин беше вкаран в зеления чувал. Той изтръпна, когато вторият звук от затварянето на ципа на Кати вътре проряза тишината.

„Изправи се - заповяда глас отнякъде.

Ейб го направи, изправяйки се на крака като кукла, съживена от кукловод.

„Отиди при картината" - нареди гласът.

Ейб следваше указанията като зомби, като се спря на гравюрата на Ван Гог.

„Не! Не!" - изкрещя той, покривайки главата си с ръце.

Милър се премести точно зад него, за да може да разгледа отблизо репродукцията. Единственото, което видя, беше ваза със слънчогледи - не че беше очаквал да види нещо друго. Когато Ейб отново започна да говори, Милър се отдалечи.

Ейб махна ръцете от лицето си и се просълзи: „Защо? Защо? Защо? Кажи ми защо?"

Екипът, който носеше телата на децата, напредна към вратата. Един от тях попита: „С кого говори старият дядка?".

Без да отговори, Милър му махнал с ръка.

Чу се глас. Глас на момче, който звучеше кухо, сякаш идваше от вътрешността на тунел. „Знаеш защо."

„Бенджамин", каза Ейб. „Обичам те."

Екипът с чувалите за трупове спря. Те не знаеха, че гласът, който чуват, е на Бенджамин - момчето, чието тяло беше в един от чувалите, които носеха.

„Сложете чувалите обратно на леглото - нареди Милър. „Разкопчайте тази с момчето - СЕГА".

Екипът изпълни указанията на Милър. Бенджамин беше побелял, очите му бяха затворени. Все още мъртъв. Милър се взираше в неподвижното лице на момчето, когато гласът му прозвуча отново.

„Знаеш какво направи с мен. Знаеш.“

„Аз те обичах. Все още те обичам - отвърна Ейб и протегна ръка към празния въздух.

„Кого си обичал? С кого говори, със самия Ван Гог ли?“ - попита един от членовете на екипа.

„Шшшш“, отвърна Милър.

„Това, което направихме, беше да обичаме. Защото се обичахме един друг - призна Абе.

Милър поклати глава. Дали беше чул правилно? Той стисна юмруци, докато затваряше разстоянието между него и бившия си приятел.

Ейб погледна към тавана, сякаш си мислеше, че Бенджамин му говори от небето.

„Защо трябваше да убиеш себе си и Кейти? Защо?“

„Направих това, което трябваше да направя.“

„За да ме накажеш?“

„Да, защото те познавам.“

Милър стисна юмруци.

„Не бих я докоснал“ - проплака Ейб.

„Не ти вярвам.“

Ейб остана неподвижен пред картината с очи, вперени в небето.

Милър промълви думите на екипа зад него: „Оттук нататък ще се заема аз“.

Те закопчаха чантата на Бенджамин и изнесоха двете деца от стаята.

Милър се премести така, че Ейб да е точно пред него.

Ейб продължи да гледа към небето. Времето сякаш спря.

Тогава от картината изскочи нож и с едно бързо движение преряза гърлото на Ейб.

В продължение на няколко секунди Ейб остана в същото положение. Единственото движение беше кръвта, която бликаше от раната. След това гравитацията взе връх и той падна на пода, а главата му изчезна под завивката на леглото.

КРАШ. Рамкираната картина на Ван Гог със слънчогледи падна на пода. Стъкленият фронтиспис се счупи, пръскайки се на хиляди парчета.

Милър извика екипа обратно. Когато отново влязоха в стаята, подът беше в кървава каша. „Къде е главата му?“ - попита един от тях.

Милър говореше така, сякаш това беше ежедневие. „Тя е под леглото.“

Единият повдигнал завивката, другият посегнал под нея. Напъхаха Ейб в торбата за трупове с широко отворени очи. Беше се случило толкова бързо, че не беше имал време да мигне. Затвориха торбата с цип.

„Не поставяйте децата близо до него - каза Милър. Сложете го в багажника или на покрива, където и да е, но не и при тези деца.“

„Разбира се, ще се погрижим за това.“

ГЛАВА 66

SGT. MILLER

Милър излезе на балкона, за да подиша малко свеж въздух. Трябваше да обмисли всичко, защото нищо от това нямаше смисъл. Първо беше смъртта на Ел. Дали тя е знаела какво се случва със съпруга ѝ и приемното ѝ дете? Не вярваше, че е могла да знае. Не и Ел.

Бенджамин и Кейти изглеждаха така, сякаш са били изплашени до смърт - но те бяха мъртви много преди Ейб да пристигне на това място.

Що се отнася до насилието на Ейб над приемния му син, то беше извратено. Твърде извратено, за да се замисля. Не искаше да мисли колко пъти Ейб е бил гост в собствения му дом. За времето, което Ейб беше прекарал със собствените си деца.

След това имаше и свръхестествения аспект на случилото се. Сержант Милър не вярваше в свръхестественото. Той обаче го беше видял и беше чул гласовете. Но как щеше да го обясни? Никога нямаше да може да го направи и за милион години.

Светът беше полудял.

Милър се върна вътре, затръшна балконските врати и ги заключи. Мъж и жена бяха там с прахосмукачка и машина за почистване на килими.

Жената попита: „Добре, ако започна?" на Милър, който кимна. Тя включи машината за прахосмукачка и в продължение на няколко секунди той стоеше и слушаше как стъклото се засмуква в металния контейнер.

„Спри!" - нареди той, докато се движеше по пода. Наведе се и вдигна един слънчоглед върху парче стъкло.

Жената се върна отново към прахосмукачката, а Милър държеше слънчогледа пред очите си.

Тогава той го видя - движение - вътре в слънчогледа. Бои, хромово жълто, лимонено жълто, цветове, които се въртяха и преобръщаха като в калейдоскоп. Усети как килимът се размества под него, докато изпуска слънчогледа, после всичко почерня и той падна на пода.

ГЛАВА 67

КATIE СЕ СЪБУЖДА

„Бенджамин - каза Кейти, - не ми е писано да бъда тук." Тя беше на една люлка и той я буташе все по-високо и по-високо, но не прекалено високо.

„Разбира се, че трябва да си тук", каза Бенджамин.

Децата около тях играеха. Няколко от тях бяха в пясъчника. Други се въртяха на въжета. Много от тях се състезаваха в бейзболни и футболни игри. Няколко играеха настолни игри като шах, дама и топчета.

„Добре дошъл си тук - каза на Кейти едно момче, по-младо от Бенджамин.

Той носеше дънков гащеризон, без риза отдолу. Имаше златист загар, който правеше русата му коса и сините му очи доминиращи на атлетичното му лице.

„Много си добре дошла тук, моя нова сестричке - каза едно момиченце, по-младо от Кейти. Косата й беше на пръстени, които подскачаха, когато тичаше. Изглеждаше красива, в синя рокля с дантела по краищата, а на краката ѝ имаше бели сандали.

„Но аз не съм като теб - каза Кейти. „Не ми е тук мястото. Чухте сержант Милър. Той каза, че майка ми е жива. Сигурно ме чака на крайбрежието. Тя ми е казала да не мърдам. Тя ще се тревожи за мен.“

Бенджамин я бутна по-високо: „Тук ще бъдеш в безопасност“.

През парка се разнасяха тумби. Паркът вътре в разбитата картина на Ван Гог „Слънчогледи“. Мястото, където всички забравени деца живееха и играеха заедно завинаги.

Защото макар че стъклената фасада се счупи в този свят, тя остана непокътната в друг. Часовникът на всяко дете се върна назад.

Назад. Към времето, когато са загубили детството си. Когато са били принудени да пораснат твърде бързо.

Вътре в картината децата останаха завинаги деца. В безопасността на слънчевите слънчогледи на Ван Гог имаше обещание. Обещание, че никое дете никога повече няма да бъде наранено, малтретирано, уплашено или пренебрегнато.

ГЛАВА 68

SGT. MILLER

В моргата Милър избираше ковчези за Ел, Кейти и Бенджамин - и за Ейб. Ако можеше, щеше да остави стареца да отиде на дюшек в картонена кутия, но това не му се нравеше. Така че трябваше да избере четири ковчега за четири тела. Някой трябваше да го направи.

Милър се надяваше да приключи с тази задача. Все още в съзнанието му се въртеше мисълта за изчезналата майка на Кейти - Дженифър Уокър. Тя беше някъде там - и дъщеря ѝ беше мъртва, защото я беше оставила сама на брега. Такава трагедия.

Такава загуба. И всичко това може да се предотврати. Един родител трябваше да защитава детето си - независимо от всичко.

По-скоро да се изложи на риск, отколкото да навреди на детето. Кога всичко се е объркало и защо той не го е видял?

Милър не можеше да се примири. Не можеше да се успокои.

А в стомаха му нещо се гърчеше. Изяждаше го отвътре навън. Той се върна в дома на Джулиъс с надеждата да намери отговори. Имотът все още беше ограден с лента, а на входната врата стоеше полицай.

„Има ли някой там?“ Милър попита.

„Не, сержант. Мисля, че са приключили за деня. Почистили са го от прахта за отпечатъци и са извадили всичко, което са искали да запазят за доказателства“. Той погледна часовника си. „Планирах скоро да се върна в участъка. Смяната ми е почти към края си.“

„Ще дойде ли някой друг да наглежда мястото през нощта?“ Милър попита.

„Не мисля.“

„Тогава тръгвайте - каза Милър, - аз ще се заема с това.“

Офицерът се качи в круизъра си и потегли. Милър го наблюдаваше как се отдалечава, след което влезе в къщата.

След като влезе вътре, той позволи на чувството, което го гризеше, да го отведе там, където трябваше да отиде. В дъното на залата, по коридора. Към кабинета на Ейб. Той провери бюрото: заключено. Отиде в кухнята и извади един нож от чекмеджето. Използва го, за да проникне в бюрото. Това, което търсеше, седеше там, сякаш го чакаше: счетоводната книга на Ейб.

Милър прелистваше страниците, водещи до Коледа, търсейки поръчки за кукли. Имаше няколко поръчки през годините, включващи снимки на децата, пълните им адреси и снимки на децата с подходящите им кукли.

В купчината обаче нямаше такава на Кейти, но той успя да потвърди, че човекът, който е направил поръчката и е взел куклата, е бил Марк Уилър.

Намерил е общо седем поръчки, направени през годините. Снимка на детето до снимка на куклата. Последната покупка е била на Кейти.

Той седна на стола на Ейб за още няколко секунди, докато прелистваше файловете си. Забележително беше заявлението за осиновяване на Бенджамин. В него се казваше, че той ще поеме и собствеността върху къщата и магазина. Нищо не беше финализирано, тъй като Ел не го беше подписал. Той грабна заявлението заедно с главната книга и ги изнесе от офиса.

Отиде в стаята на Кейти. За секунда не можа да си поеме дъх. Куклата, която приличаше на нея, беше на леглото, седнала и го гледаше. Чакаше го. Ако това нещо дишаше, нямаше да го зашемети повече. Не можеше да помръдне, но сетивата му се изостриха.

Първо, свистене. Размахване. Издути завеси. Протягащи се към куклата като пипала от плат.

Той се стресна, обърна се, за да си тръгне, но не можа. Обгърна се с ръце около себе си.

„Добре, добре“, не каза на никого. Вдигна куклата и я изнесе от стаята в кухнята. Потърси под мивката достатъчно голяма торба, в която да я прибере. Нямаше сърце да я сложи в зелена торба за боклук - твърде много приличаше на торба за трупове. Вместо това намери синя прозрачна торба за рециклиране и сложи куклата в нея с краката напред.

Заключи къщата, качи се в колата си и потегли през града. Пристигайки в сградата, портиерът го разпозна, така че не се наложи да показва значката си. Добре, че беше така, тъй като носеше куклата в голяма прозрачна торба.

„Ще ви заведа там горе - каза Матю Бари, управителят на рецепцията. Той поведе пътя към асансьора и нагоре към седмия етаж.

В асансьора по пътя нагоре Милър си задаваше много въпроси, като например какво прави и защо, но отговори не идваха.

Единственото, което знаеше със сигурност, беше, че откакто взе куклата, чувството, което разяждаше червата му, намаля. С приближаването му към стаята то избледня на заден план.

Бари завъртя ключа в ключалката и СРАМ, сирена изкрещя - от което Мениджърът имаше чувството, че мозъкът му ще експлодира. Беднякът натисна всички бутони на стената - опитваше се да накара жестокия звук да спре. Когато нищо не помогна, той запуши ушите си и накрая се обърна и с писък излезе от стаята.

Милър също беше засегнат от сирените, но не толкова, колкото мениджъра. Той падна на леглото, използвайки възглавниците, за да заглуши звука, и се надяваше скоро да спре. Затвори очи и изгуби съзнание. Когато се опомни, възглавниците бяха на пода, а в стаята беше тихо.

Той преглътна малко вода, после плисна малко върху лицето си. Забеляза, че килимът е нов, този път по-плюшен. После видя още нещо: нова картина на Ван Гог „Слънчогледи", поставена в антична златна рамка.

Докато чешмата капеше, той разгледа картината. Не видя никакво движение, а после си спомни за куклата. Видя найлоновата торбичка на пода до леглото: беше празна.

Почеса се по главата, обърна се и тръгна към вратата, а когато сложи ръка на дръжката, се разнесе серенада от детски гласове:

Благодаря ви за цветята,

Благодаря за дърветата,

Благодаря за водопадите,

Благодаря ти за вятъра.

Сега сме тук заедно.

Свободни от вреда и болка

Благодаря ви, сержант Милър

За това, че се върнахте отново.

Тези думи и мелодията продължаваха да се въртят в главата му. В продължение на дни, седмици, месеци, години.

ЕПИЛОГ

Милър се пенсионира, като за последен път иска да изпълни служебните си задължения. Той почука на вратата на Джуди Смит.

„Тук съм, за да се видя с Джералд", каза той.

Той последва Джуди нагоре по стълбите: „Сержант Милър е тук, за да ви види".

Тя застана на вратата, а Милър стисна ръката на Джералд и му връчи Гражданска похвала.

„Помогнахте ни да разрешим един случай - каза Милър. „Продължавайте да работите отлично."

„Мога ли да получа снимка на двама ви?" Джуди попита.

Милър кимна и двамата с Джералд разговаряха, докато тя слизаше по стълбите и се връщаше отново с телефон в ръка.

„Кажи сирене" - каза тя.

След няколко снимки Милър се сбогува и се отправи към дома си. Надяваше се на спокойна вечер със съпругата си - това, което не знаеше, беше, че тя го чакаше на огромно парти-изненада за пенсионирането му.

Благодарности

Уважаеми читатели,

Благодаря ви, че прочетохте „Детето на всички“, чийто първи вариант написах през 2013 г. по време на Националния месец за писане на романи.

Първата чернова беше завършена, направих някои дребни редакции, след което я изпратих на няколко бета читатели, за да видя как може да се подобри - и дали им харесва. Четирима от петимата читатели (които бяха колеги автори) не харесаха нито Кейти, нито Бенджамин и искаха да пренапиша героите, за да приличат повече на собствените им деца, и т.н. Отнех им ги, за да ги обмисля, докато работя по други проекти.

В крайна сметка реших да се придържам към моите идеи. Другите автори можеха да напишат героите си по начина, по който искаха да ги напишат. Ако всички пишехме героите си по един и същи начин, какъв щеше да е смисълът? Това бяха моите герои и те бяха избрали мен, за да разкажа техните истории. Трябваше да разкажа историите им по начина, по който те искаха да бъдат чути. В това отношение героите ми и аз бяхме в синхрон.

Което ме накара да потърся редактор за развитие и намерих една отлична редакторка, за чиято помощ и насърчение винаги ще й бъда благодарен.

Но „Детето на всички" все още не беше завършена. Трябваше да бъде прочетена от нови бета читатели и това беше така. Този път им зададох въпроси и по-специално ме притесняваха трохите хляб. Бях ли оставила достатъчно по пътя, за да доведа читателя до шокиращото заключение? Един от петима читатели смяташе, че съм издала твърде много, и ме помоли да намаля броя на трохите. Може би ще ви е интересно да научите, че първоначално тя не беше права, но при повторното четене разбра повече от подсказките, които бях дал.

Бих искала да се възползвам от възможността да благодаря на моите коректори, бета читатели, редактори за тяхната ангажираност към мен и този проект. Вашият принос беше ценен - независимо дали приех предложенията ви, или не. За това, че ми помогнахте да направя „Детето на всички" най-доброто, което може да бъде. Може би Стивън Кинг можеше/щеше да направи повече. Но аз не съм Стивън Кинг. Аз съм независим автор, единствен служител и основател на издателство „Стратфорд Ливинг".

Благодаря и на семейството и приятелите, които застанаха до мен в мрака.

И както винаги, щастливо четене!

Cathy

За автора

Многократно награждавана авторка, Cathy McGough живее и пише в Онтарио, Канада, със съпруга си, сина си, котката и кучето си.

Също от:

ФИКЦИЯ
Ribby's Secret (RIBBY'S ТАЙНА)
13 КРАТКИ ИСТОРИИ

9 781998 651559